SCHATTEN DER VERGANGENHEIT

EIN FALL FÜR COMMISSARIO CASABONA

Aus dem Italienischen
von Ingrid Ickler

TROPEN

Tropen
www.tropen.de
Die Originalausgabe erschien unter dem Titel
»La stagione del fango« im Verlag Giunti Editore S. p. A., Florenz
© 2020 by Antonio Fusco
This edition is published in agreement with Piergiorgio Nicolazzini
Literary Agency (PNLA)
Für die deutsche Ausgabe
© 2022 by J. G. Cotta'sche Buchhandlung Nachfolger GmbH,
gegr. 1659, Stuttgart
Alle deutschsprachigen Rechte vorbehalten
Cover: © Zero-Media.net, München
Foto: © Marco Bottigelli/Gettyimages
Gesetzt von C.H.Beck.Media.Solutions, Nördlingen
Gedruckt und gebunden von CPI – Clausen & Bosse, Leck
ISBN 978-3-608-50518-4
E-Book ISBN 978-3-608-11943-5

*Für Giovanni Luongo und Giorgio Di Vicino
damals Freunde, heute Seelenverwandte*

PROLOG

Glaubst du, es reicht, fortzugehen, um dein Leben zu ändern? Glaubst du wirklich, dass du ein anderer Mensch wirst, wenn du den Wohnort wechselst, neue Kontakte knüpfst oder andere Sprachen lernst? Du täuschst dich. Die Vergangenheit ist ein Schatten, der dich nie verlässt. Sie ist der Streuner, der Straßenköter, der dir auf Schritt und Tritt folgt. Der dich zurückbringt, wenn du dich verlaufen hast. Denn wir alle brauchen einen Ort, an den wir zurückkehren können. Um zu sterben oder wieder neu anzufangen.

NEAPEL

I

Neapel, in einem Restaurant auf dem Posillipo

Von hier oben sah Neapel wie ein Gemälde von Caravaggio aus. Eine mondlose Nacht, schwarz wie die Seele eines reuelosen Sünders. Wie aus dem Nichts zuckten Blitze durch die Finsternis. Plötzliche grelle Risse im nachtschwarzen Dunkel. Regentropfen rannen die Scheibe hinab. Tränen auf meinem Gesicht, das sich darin spiegelte.

An diesem Abend lag Neapel wie ein Mörder auf der Lauer. Eine alte Hure, die dir die Seele aus dem Leib saugen und einen Mann aus dir machen will. Die Stadt flößte Ehrfurcht ein, faszinierend und beängstigend zugleich.

Neapel war traumhaft schön, noch schöner als in meiner Erinnerung als enttäuschter Liebhaber. Ich wollte es nicht zugeben, aber Neapel war der einzige Ort, an dem ich mich wirklich zu Hause fühlte.

Unvermittelt tauchten enge Gassen auf, wie klaffende Wunden, eingeklemmt zwischen den Palazzi rechts und links. Hier war ich ein Nichts gewesen, so wie viele andere auch. Und dann hatte uns das Leben geteilt, in Wächter und Diebe, in Täter und Opfer. In Dreckskerle und Gentlemen.

Jedes Mal, wenn ich hierher zurückkomme, versuche ich zu verstehen, warum ich zu den einen und nicht zu den anderen gehöre, und nie finde ich eine uberzeugende Antwort.

Vielleicht kann ich deshalb meinen Feind nicht hassen, nachdem ich ihn besiegt habe. Irgendwie sind wir doch alle gleich, nur eben das Resultat unterschiedlicher Möglichkeiten.

DIE ZEIT DES SCHLAMMS

2

Sie kamen um sechs Uhr morgens. Am Anfang dachte ich, ich träume, sie mussten mehrere Male klingeln und dann mit den Fäusten gegen die Tür hämmern, damit ich begriff, dass das die Realität war.

Ich hörte Snaus in seinem Zwinger im Garten bellen, öffnete die Augen und setzte mich im Bett auf. Mit den Füßen suchte ich nach den Pantoffeln, aber das Licht schaltete ich nicht an. Ich wartete. Noch immer hoffte ich, mich geirrt zu haben. Ich hatte seit zehn Tagen Urlaub, trotzdem glich mein Schlafrhythmus einer Achterbahnfahrt. Ich schlief in letzter Zeit sowieso schlecht. Genauer gesagt, seit ich allein war. Ich fand keine Ruhe. Die Erinnerungen, die enttäuschten Erwartungen, das Bedauern, all das summte in meinem Hirn umher, mein Kopf glich einem Bienenstock. Um meine Gedanken zu betäuben, trank ich. Manchmal war ich melancholisch und weinte, manchmal war ich wütend und fluchte. Meistens so gegen zwei oder drei Uhr nachts hatte der Schlaf dann Mitleid mit mir und nahm mich in seine Arme.

Es klingelte erneut, schrill und unerbittlich, das Blut gefror mir in den Adern. Wenn dich jemand um sechs Uhr morgens aus dem Bett klingelt, kann das nichts Gutes heißen. Ich konnte das unmöglich ignorieren.

Als Erstes dachte ich, dass jemand mir eine schlechte Nachricht überbringen wollte. Um diese Uhrzeit gab es keinen Zweifel: Niemand taucht zu nachtschlafender Stunde bei dir auf, um dir etwas Angenehmes mitzuteilen. Das Gute ist niemals dringend, es kann warten. In meinem Kopf arbeitete ich eine Art Checkliste ab, eine Rangfolge meiner Sympathien, eine verborgene Aufstellung meiner Ängste. Ich dachte an Chiara, die mit ihrem Verlobten in Mailand lebte, an Alessandro, der mit Don Angelo in Afrika auf Missionsreise war, und an Francesca, die zwar seit einigen Monaten aus meinem Leben, aber noch nicht aus meinem Kopf verschwunden war.

Gleich werde ich die Tür aufmachen, sagte ich mir, und jemand wird vor mir stehen und mich darüber informieren, dass ein geliebter Mensch einen Unfall gehabt habe, der Zustand kritisch sei und ich schnellstmöglich ins Krankenhaus fahren solle. Sie würden mich nicht gleich mit der ganzen Wahrheit konfrontieren, sondern mir die nötige Zeit geben, mich auf die dramatischen Umstände einzustellen.

Ich spürte, wie mir die Tränen in die Augen stiegen. Ich stand auf, ging durch den Flur und näherte mich der Wohnungstür. Ich versuchte, mich zu fassen, aber auf meinem Weg wurde mir klar, wie schwierig das war. Meine Haare waren zerzaust, und ich roch aus dem Mund wie eine Maus, die in einem Rumfass ertrunken war.

Wer auch immer da auf mich wartete, dachte ich, er wird nach wenigen Worten bereuen, mich geweckt zu haben.

Diese Vorstellung zauberte so etwas wie ein Lächeln in mein Gesicht. Es half mir, auch noch andere Hypothesen in Betracht zu ziehen, an die ich vorher nicht gedacht hatte. Sie haben sich vielleicht in der Tür geirrt. Möglicherweise ist Snaus abgehauen, und sie wollen ihn zurückbringen. Oder es sind Nachbarn, die Hilfe brauchen.

Ich warf einen kurzen Blick durch den Türspion und erkannte das ausgezehrte, bebrillte Gesicht von Commissario Mauro Crisanti, dem Leiter der Kripo Florenz. Direkt dahinter standen Ispettore Fabio Proietti, mein Stellvertreter, sowie meine Mitarbeiter, Sovrintendente Stefano Bini und Assistente Franco Giordano, genannt Ciondolo. Und vier oder fünf weitere Männer, die ich nicht kannte.

Ich öffnete die Tür, ohne auch nur im Entferntesten daran zu denken, wie oft ich an ihrer Stelle gewesen war. Wenn du das Opfer bist, denkst du wie das Opfer, das ist nun mal so. Das hat mit der Rollenverteilung zu tun, wie in einem Theaterstück. Dieses Mal stand ich auf der falschen Seite der Wand. In diesem Augenblick war ich nicht mehr der souveräne Commissario, der frisch geduscht und sorgfältig gekleidet das Haus verlassen, bereits mehrere Tassen Kaffee getrunken und den Einsatz mit seinem Team vorbereitet hatte. Ich war nur ein Mann um die fünfzig in Unterhose und Pantoffeln, der zu begreifen versuchte, welches Geschenk das Leben in dieser Nacht für ihn bereithielt.

Ich wandte mich an Fabio. »Was ist los?«, fragte ich. Er schwieg. Es war Crisanti, der auf meine Frage antwortete, nüchtern und professionell, offensichtlich auf Distanz bedacht. »Wir müssen deine Wohnung durchsuchen, Tommaso. Das ist keine Aktion von uns, die Anweisung kam von der Justizbehörde in Florenz. Du weißt ja, was man bei solchen Gelegenheiten sagt. Reine Routine.«

Ich ignorierte ihn und wiederholte meine Frage: »Was ist los, Fabio?«

»Ich habe keine Ahnung, Chef. Der Questore hat mich vor einer Stunde verständigt und nur gesagt, ich sollte die Kollegen aus Florenz bei einer Hausdurchsuchung bei Ihnen unterstützen, ganz diskret natürlich. Tut mir leid.«

Es half mir zwar nicht viel, aber immerhin hatte er mich »Chef« genannt. Das machte mir Mut, denn was auch immer passieren sollte, ich stand nicht ganz allein, meine Leute waren noch auf meiner Seite.

»Und wer sind die anderen? Gehören die zu dir?«, fragte ich Crisanti.

»Ja.«

Erst jetzt bemerkte ich, dass zwei von ihnen die Pistole im Anschlag hatten.

»Sag ihnen, sie können die Waffen wegstecken. Das ist nicht nötig.«

Crisanti drehte sich um und nickte den beiden wortlos zu. Dann bat er mich, das Hoftor zu öffnen, damit sie ihre drei Autos parken konnten, die noch auf der Straße standen. Ich kam seinem Wunsch nach.

Dann ließ ich die Männer herein. Während ich voranging, sagte ich laut und deutlich: »Achtung, die Wohnung ist videoüberwacht.«

Das stimmte zwar nicht, aber wer weiß, wozu es gut war. Im Zweifelsfall würden sie korrekt vorgehen, hoffte ich zumindest. Nicht aus Angst, dass sie etwas mitnehmen würden, ich besaß nichts Wertvolles. Aber ich fürchtete, sie könnten falsche Spuren legen. Irgendein schmutziges Spiel spielen.

Crisanti zeigte mir den Durchsuchungsbefehl und gab den anderen ein Zeichen, dass sie beginnen sollten.

Proietti, Bini und Ciondolo standen weiterhin an meiner Seite. Ein Ausdruck der Verbundenheit, eine Geste des Respekts, ich konnte spüren, wie unangenehm ihnen das Ganze war. Eine Hausdurchsuchung ermöglicht dir, in die Intimsphäre eines Menschen zu blicken, und lässt dich Dinge entdecken, die du, wenn es sich um einen Menschen handelt, den du schätzt, lieber nicht wissen wolltest.

Crisanti trug einen blauen Anzug und eine schreckliche gelbe Krawatte. So sah er immer aus, egal, ob im Büro oder beim Einsatz. Typisch Karrierist, dachte ich. Er legte zwei Kopien des Beschlusses auf den Wohnzimmertisch und reichte mir einen Stift. Die Papiere waren so positioniert, dass ich nur die letzte Seite lesen konnte, die mit dem Stempel des Eröffnungsbescheids. Allerdings gelang es mir, beim Umdrehen einen Blick auf die erste Seite zu werfen, auf die Rechtsgrundlage, auf der die Maßnahme fußte. Artikel 575. Mord.

Einen Moment lang glaubte ich, mir würde das Herz stehen bleiben. Ich fühlte mich wie ein Seiltänzer über dem Abgrund. Als die Versuchung, mich einfach fallen zu lassen, überwunden war, gewannen Klarheit und Konzentration plötzlich wieder die Oberhand. Die Sache war ernst. Jemand wollte mich reinreiten, aber ich hatte nicht vor, ihm dabei den Steigbügel zu halten. In Momenten wie diesen habe ich stets ein Bild vor Augen: ein Ritter, der das Visier seines Helms herunterklappt, kurz bevor er in die Schlacht zieht. Genau das tat ich jetzt. Möge der Krieg beginnen, dachte ich, ich bin bereit. Das Adrenalin flutete bereits durch meinen Körper, doch ich bemühte mich, die Gefühle, die mich zu überwältigen drohten, im Zaum zu halten.

Äußerlich gefasst, unterschrieb ich und ließ alles auf dem Tisch liegen, die Dokumente interessierten mich nicht mehr. Die Formalitäten waren erledigt.

Crisanti ahnte, dass etwas in mir vorging.

»Liest du dir den Beschluss nicht durch, Tommaso?«

»Ich vertraue euch«, sagte ich mit einer gespielten Mischung aus Selbstsicherheit und Resignation. Dann fügte ich hinzu: »Ich habe ein reines Gewissen, deshalb beunruhigt mich die Sache nicht. Und sobald auch ihr begriffen habt, dass das Ganze ein Irrtum ist, wird abgerechnet. Dann werde ich mir alles genau durchlesen, versprochen. Und nicht nur ich, sondern auch meine Anwälte. Wir werden viel Spaß haben. Hoffentlich bist du gut versichert, werter Kollege.«

Er wollte gerade antworten, aber ich ließ ihm keine Zeit: »Kann ich duschen und etwas anziehen, während ihr meine Wohnung durchsucht? Oder willst du mich weiter demütigen?«

Ohne seine Reaktion abzuwarten, ging ich in Richtung Schlafzimmer.

Crisanti folgte mir: »Aber die Tür bleibt auf.«

»Hast du Angst, ich könnte abhauen? Nach so vielen Berufsjahren solltest du unterscheiden können, ob jemand fliehen will, oder ob es nur darum geht, sich ein Minimum an Würde zu bewahren.«

Ich ließ die Tür einen Spalt offen. Das Fenster, das auf den Garten hinausging, konnte man vom Flur aus nicht sehen. Ich schlüpfte in die Klamotten, die gerade auf dem Boden und auf einem Stuhl neben meinem Bett herumlagen: Jeans, blauer Pulli, Sneakers und Lederjacke. Dann griff ich nach dem Geldbeutel, der Pistole, dem Handy und dem Schlüsselbund auf dem Nachttisch, und kletterte aus dem Fenster im ersten Stock. Ich stieg ins Auto, das auf dem Hof stand, fuhr los und schloss mit der Fernbedienung hinter mir das Tor.

Crisanti hatte einen Fehler gemacht, den ich an seiner

Stelle auch gemacht hätte. Um mich in Sicherheit zu wiegen und um unvorhergesehene Reaktionen zu vermeiden – immerhin hatte ich eine Waffe im Haus –, hatte er die Hausdurchsuchung als reine Formalität abgetan. Das hatte ihm die Möglichkeit gegeben, die Wohnung zu betreten und die Situation zu kontrollieren. Jedenfalls so lange, bis ich die Verfügung lesen würde. Denn ab dem Moment, als mir klar würde, dass ich unter Mordanklage stand, wüsste ich, dass man mich festnehmen würde. Danach hätte er mir den Beschluss über die Sicherheitsmaßnahmen oder die vorläufige Festnahme vorgelegt, den er ohne Zweifel dabeihatte, und mir Handschellen angelegt.

Ab diesem Moment wäre ein Fluchtversuch ein strafrechtlich relevantes Delikt, für das ich mich würde rechtfertigen müssen, selbst wenn ich meine Unschuld in der Mordsache beweisen könnte.

Doch ich hatte die richtige Entscheidung getroffen: unterschreiben und sofort danach abhauen.

Mit dieser Vorgehensweise hatte ich mich nicht nur einer Verhaftung entzogen, sondern mich während einer Hausdurchsuchung entfernt. Nur als freier Mann konnte ich mich diesem Scheiße-Tsunami entziehen und Gegenmaßnahmen ergreifen. Ich musste mich verteidigen.

3

Hinter der ersten Kurve auf der Straße Richtung Valdenza erwartete mich ein faszinierendes Naturschauspiel. Die Sonne ging gerade auf, die Strahlen schnitten wie eiserne Klingen durch die kahlen Äste der Buchen und verliehen diesem eiskalten Dezembertag eine strahlende Helligkeit, aber keine Wärme. So kalt war es seit Jahren nicht gewesen.

Ich setzte die Ray Ban auf, die auf dem Armaturenbrett lag, und warf einen Blick in den Rückspiegel. Niemand war mir gefolgt. Wahrscheinlich versuchten sie noch, das Elektrotor zu öffnen, um rausfahren zu können. Einen Moment lang kamen mir amerikanische Krimis in den Sinn, in denen es in Situationen wie dieser immer einen Superhelden gab, der mit Vollgas das Tor durchbrach und alles niedermähte. Was für ein Scheiß! Aber wenn ich mir vorstellte, wie Crisanti mit seinem Fuhrpark im Hof festsaß, musste ich schmunzeln. Ich beschloss, ihn anzurufen.

»Mauro, ich hoffe, du überlegst nicht, mit deinem Wagen das Tor zu durchbrechen? Das stelle ich dir sonst in Rechnung. Ach, übrigens, die Fernbedienung liegt neben der Gegensprechanlage.«

»Verdammt, wo bist du, Tommaso? Du reitest dich immer tiefer in die Scheiße, das macht alles nur noch schlimmer. Komm zurück.«

»Das geht leider nicht. Mir ist eingefallen, dass ich heute Morgen etwas sehr Wichtiges zu erledigen habe. Schließt einfach ab, wenn ihr fertig seid. Und wenn du schon mal da bist, tust du mir bitte den Gefallen und fütterst den Hund?«

Bevor er reagieren konnte, legte ich auf und schaltete das Handy aus. Vielleicht hatten sie es schon geortet, benutzen konnte ich es jedenfalls nicht mehr.

Ich musste auf jeden Fall vor ihnen im Büro sein, das sie ganz sicher auch durchsuchen würden. Im Safe bewahrte ich ein paar Kleinigkeiten auf, die mich in Schwierigkeiten bringen würden, wenn man sie fände. Die musste ich dringend verschwinden lassen. Nichts Besonderes, einfach Dinge für den Fall der Fälle … Ich hätte nicht im Traum daran gedacht, dass jemand danach suchen würde: Reservepatronen für den Notfall, ein Handy, das ich während eines Einsatzes abgezweigt hatte und das nicht mit mir in Verbindung gebracht werden konnte, ein bisschen Bargeld und ein Ausweis, den ein Typ bei einem Fluchtversuch verloren hatte. Ich hatte vergessen, ihn abzugeben. Alles nicht ganz legal, aber durchaus nützlich in Situationen wie diesen.

Ich erreichte die Questura kurz nach sieben. Der Pförtner war überrascht, mich schon so früh zu sehen. Er sprang auf, um mich zu grüßen, und versuchte dabei, die Uniformjacke zu richten, die er aufgeknöpft hatte. Alles wie immer. Ich winkte ihm zu und ging weiter.

Es war gerade Schichtwechsel auf der Wache. Die Nachtschicht räumte zusammen und ging schlafen, und die Frühschicht übernahm. Ich versuchte, den Beamten, die ihre Sachen von einem Dienstwagen in den anderen räumten, möglichst aus dem Weg zu gehen.

Die Büros der Squadra Mobile waren hingegen menschenleer. Ich wusste, dass ich nicht viel Zeit hatte, und machte mich sofort ans Werk.

Ich nahm das Geld, das Handy, das dazugehörige Ladegerät und den Ausweis aus dem Safe und ging in mein Zimmer. Dann löste ich das Foto aus dem Ausweis und ersetzte es durch ein eigenes, das ich von meiner letzten Passerneuerung übrig hatte. Als amtlichen Stempel verwendete ich das Dienstsiegel der Questura. In wenigen Minuten hatte ich eine neue Identität. Ich hieß Alfonso Ruta, ein paar Jahre jünger war ich auch, denn der rechtmäßige Besitzer des Ausweises war fünfundvierzig. Der Polizei gegenüber konnte ich mich damit natürlich nicht ausweisen, dazu war die Fälschung zu plump. Aber für Gelegenheiten, wo der Ausweis eine reine Formalität war, würde es reichen. Ich konnte mir damit zum Beispiel eine SIM-Karte kaufen, ein Auto mieten oder ein Hotelzimmer nehmen.

Ich steckte alles in die Tasche, fuhr den Computer hoch und recherchierte in der Datenbank. Kein Ergebnis, noch gab es keine offizielle Untersuchung gegen mich. Es war noch zu früh, aber damit hatte ich gerechnet. Ich warf einen Blick in die Mails, auch dort fand ich nichts.

Während ich mein Büro abschloss und gerade gehen wollte, hörte ich die Stimme von Sovrintendente Michela Paolozzi, die für das Sekretariat und das Personalwesen zuständig war. Sie kam immer etwas früher als die anderen, um den morgendlichen Bericht an den Questore zu schicken, eine Zusammenfassung der wichtigsten Ereignisse des Vortags.

Überrascht stand sie hinter mir.

»Guten Morgen, Dottore. Was machen Sie denn um diese Uhrzeit schon hier?« Nach einer Weile fügte sie hinzu: »Sie sind doch im Urlaub, oder irre ich mich?«

»Ich schaue nur kurz vorbei, ich brauche ein paar Unterlagen«, antwortete ich. Dann versuchte ich, das Terrain zu sondieren, vielleicht wusste sie schon mehr: »Gibt's was Neues, Michela?«

»Nein, nichts Besonderes. Ich will nichts heraufbeschwören, aber in diesem Jahr dürfte es über die Weihnachtstage ruhig bleiben. Wir wünschen uns noch nicht frohe Weihnachten, oder? Sie sind ja in ein paar Tagen wieder im Dienst.«

Jetzt konnte ich mir sicher sein, dass sie keine Ahnung hatte.

»Oh ja, sicher, Michela. Wir sehen uns und wünschen uns persönlich frohe Weihnachten. Aber jetzt muss ich los.«

Ich ging auf die Treppe zu.

»Dottore, wissen Sie schon, dass es einen Toten gegeben hat?«

Ich blieb abrupt stehen und fuhr herum.

»Wer?«

»Romoli. Marco Romoli.«

Sie bemerkte, wie ich erstarrte, und dachte wohl, dass ich den Namen nicht gleich einordnen konnte. Deshalb fügte sie erklärend hinzu: »Sie kennen ihn doch … Dottor Marco Romoli, der Onkologe, der Ihre Frau behandelt hat.«

Und wer weiß, ob sie in Gedanken noch hinzufügte: »Und in den sie sich verliebt und für den sie Sie verlassen hat.« Als sie bemerkte, dass ich wusste, um wen es ging, bremste sie sich noch rechtzeitig.

»Ja, Michela, ich weiß, wer das ist. Was ist passiert?«

»Er wurde erschossen, man hat die Leiche in einem Wald im Mugello gefunden. Die Kripo aus Florenz hat den Fall übernommen. Noch haben wir nichts Offizielles, aber ich weiß es von einem Bekannten der mobilen Einheit, die gestern Abend am Tatort war. Ich habe ihn beim Abendessen mit ein paar Kollegen getroffen.«

Sie kam näher und musterte mich: »Geht es Ihnen gut, Dottore? Sie sind so weiß wie ein frisch gewaschenes Bettlaken.«

»Ja, alles in Ordnung, Michela. Mach dir keine Sorgen. Ich muss jetzt los, sonst komme ich zu spät.«

4

Wenn ich mit der Wahrheit konfrontiert werde, bin ich immer skeptisch. Ich kann nichts dafür. Ich lehne sie nicht von vornherein ab, ich stelle sie nur einen Moment lang in Frage und mache mich auf die Suche nach einer anderen möglichen Erklärung. Die Philosophen nennen das *Beweis durch Widerspruch*, aber für mich ist das nur ein instinktives Misstrauen gegenüber allzu einfachen Lösungen. In diesem Fall jedoch gab es wenig Zweifel: Wenn der Mann, der dir deine Frau ausgespannt hat, umgebracht wird, und die Polizei mit einer Mordanklage vor deiner Tür steht, dann müssen die beiden Ereignisse miteinander verknüpft sein.

Während ich mich aus dem Staub machte, bevor die Kollegen in die Questura kamen, analysierte ich die Lage: Sie mussten stichhaltige Verdachtsmomente gegen mich haben, um die Durchsuchung zu rechtfertigen, die gerade in meiner Wohnung stattgefunden hatte.

Diese Erkenntnis verstärkte meine Niedergeschlagenheit. Auf dem Weg von meiner Wohnung in die Questura war ich überzeugt gewesen, das Opfer einer teuflischen Intrige zu sein, organisiert von dunklen Mächten, im Auftrag irgendwelcher Krimineller, die ich durch meine Ermittlungen in Bedrängnis gebracht hatte. Stattdessen ging es um eine ganz banale Beziehungstat.

Der Klassiker: er, sie und der andere. In Neapel würde man sagen: »*Isso, essa e o' malamente*«. Eine Dreieckskonstellation, die in keinem Drehbuch fehlen durfte. Schande über Schande.

Ich beschloss, das Auto auf dem Parkplatz stehen zu lassen, mit ihm würde ich ohnehin nicht weit kommen. Bald würden die Beschreibung und das Kennzeichen an alle Dienststellen des Landes rausgehen. Sovrintendente Paolozzi hatte gesagt, dass man Marco Romoli in einem Wald im Mugello gefunden hatte. Da der Tote Arzt und kein Waldarbeiter war, konnte man davon ausgehen, dass Fundort nicht gleich Tatort war. Oder man hatte ihn lebend dort hingebracht und dann getötet. Und wenn ich verdächtigt wurde, nahm man wahrscheinlich an, dass ich ihn im Auto transportiert hatte, und hoffte, dort DNA-Spuren von ihm zu finden. Dann konnte ich die Karre gleich dort stehen lassen, damit sie rasch die Beweise sichern konnten. Und wer weiß, vielleicht kam mir das zugute, denn Romoli war nie in meinem Auto gewesen, zumindest ging ich davon aus.

Dann machte ich mich auf den Weg zum Bahnhof Valdenza. Zum Glück funktionierten die meisten Überwachungskameras dort nicht. Sie wurden zwar ständig gewartet, aber offensichtlich ohne Erfolg. Wie oft hatte ich mich bei der Stadtverwaltung darüber beschwert, heute hätte ich den Beamten dafür die Füße küssen können.

Ich schaltete mein Handy ein und setzte es auf die Werkseinstellungen zurück. Auf diese Weise löschte ich den Speicher, und man konnte es mir nicht mehr zuordnen. Dann schaltete ich es stumm, damit niemand mitbekam, wenn ich angerufen würde.

An der Anzeigetafel am Bahnhof las ich, dass die Frecciarossa von Rom nach Mailand gleich eintreffen würde. Als der Zug zum Halten kam, stieg ich ein und versteckte das Telefon hinter einem der Feuerlöscher zwischen zwei Wagen. Dann stieg ich wieder aus, die Wut auf diese Schwachmaten, die mich in diese Sache hineingezogen hatten, kochte in mir hoch. Ich schwor mir, dass ich es ihnen heimzahlen würde. Natürlich würde ich ihnen auch die Rechnung für mein Handy präsentieren, das ich erst vor wenigen Monaten gekauft hatte und für das ich noch immer die Raten abbezahlte.

Langsam fuhr die Frecciarossa aus dem Bahnhof, und mit ihr machte sich meine digitale Identität auf den Weg nach Mailand.

In wenigen Minuten würde ein Beamter vor einem Bildschirm im Beobachtungsraum der Kripo Florenz bemerken, dass sich das Zielobjekt, also mein Handy, entlang der Bahngleise bewegte. Nachdem er die Fahrpläne abgeglichen hätte und ihm klar würde, welcher Zug in Frage kam, würde er seinem Chef Bescheid geben. Der wiederum würde seinen Kollegen von der mobilen Einheit in Mailand bitten, mich in Empfang zu nehmen. Ohne Erfolg. Er würde noch nicht mal mein Handy finden, denn ich hatte es so programmiert, dass es sich um zehn ausschaltete, also etwa eine Stunde vor meiner vermeintlichen Ankunft in Mailand. Für Crisanti war das die einzige heiße Spur, mit der Folge, dass er seine Leute in Valdenza abziehen müsste. Die allgemeine Verwirrung würde mir eine Verschnaufpause verschaffen.

Das Spiel hatte gerade erst begonnen. Er war der Jäger, ich der Gejagte, aber ich hatte den Vorteil, die Stärken und Schwächen meines Gegners genau zu kennen, und war mit der Vorgehensweise in solchen Fällen bestens vertraut. Das würde ich ausnutzen.

Aber ich musste auf dem Laufenden bleiben, ich brauchte Verbündete. Wie sollte ich sonst an aktuelle Informationen kommen? Genau darin lag jedoch mein erstes großes Problem: Wem konnte ich vertrauen? Wer war bereit, einem Mordverdächtigen zu helfen, nur weil der seine Unschuld beteuerte? Und tat das nicht jeder Mordverdächtige? Wer würde dieses Risiko auf sich nehmen?

In Neapel an der Uni hatte ich einen jungen Palästinenser kennengelernt, der Ingenieurwissenschaften studierte. Wir wurden Freunde, und ich lernte viel über arabische Kultur und palästinensische Traditionen. Eines Abends erzählte er mir, dass man in seiner Heimat von wahrer Freundschaft sprach, wenn man jemandem Unterschlupf gewährte, der nachts, mit einem blutigen Messer in der Hand, an der Tür klopfte und gestand, dass er jemanden umgebracht habe und ein Versteck brauche.

Und genau in so einer Situation war ich jetzt. Ich musste nur noch entscheiden, an welche Tür ich klopfen würde.

5

Nach Abschluss der Hausdurchsuchung bei Casabona in den Hügeln von Valdenza kehrte die Ermittlungsgruppe mit Commissario Mauro Crisanti an der Spitze in die Questura zurück.

Auf der Fahrt herrschte Schweigen, keine Kommentare, keine Hypothesen, warum die Aktion gescheitert war. Die Stimmung war zappenduster. Sie hatten nichts Interessantes gefunden, zudem war der Verdächtige, den sie hatten verhaften wollen, auch noch geflohen. Schlimmer hätte es nicht kommen können.

Diese unheilvolle Stille war die Ouvertüre vor dem Sturm, der über sie hereinbrechen würde. Die Beamten waren angespannt, es hatten sich zwei Lager gebildet, die Kripobeamten aus Florenz und die Einsatztruppe aus Valdenza, also Casabonas Leute.

Sie saßen jetzt im Büro von Ispettore Proietti zusammen.

»Diese Schweine haben ihn entkommen lassen, das war Absicht«, flüsterte ein junger Kriminalbeamter seinem älteren Kollegen zu, der in einer Ecke stand. Es sollte niemand sonst hören, aber dieser Plan ging nicht auf. Seine Worte waren der Funke, der das Pulverfass zum Explodieren brachte.

Ciondolo, der ohnehin keinem Konflikt aus dem Weg ging, spürte das Knistern sofort. Diese Chance konnte er sich nicht entgehen lassen.

»Du Milchgesicht, du bist doch noch nicht mal trocken hinter den Ohren, was bildest du dir ein? Sag deinem Vater, dass er

Scheiße gebaut hat, es wäre besser gewesen, sich einen runterzuholen, als einen Idioten wie dich in die Welt zu setzen.«

Der ältere Kollege, der ursprünglich aus Rom kam, versuchte zu vermitteln. »'A secco, komm wieder runter. Der Kollege hat nur das ausgesprochen, was alle denken.« Er schaute in die Runde und wartete auf Zustimmung, die aber ausblieb. Die Beamten aus Florenz hielten sich in Deckung.

Ganz anders Sovrintendente Bini, ein waschechter Toskaner, der aber einige Zeit in Rom gelebt hatte und alle Sprüche kannte: »Ciccio«, begann er und spielte damit auf die Leibesfülle seines Gegenübers an, »wisst ihr, was ich euch rate, dir und deinen kleinen Freunden?« Er wartete nicht auf eine Antwort. »Lutscht euch doch gegenseitig den Schwanz. Und dann spült euch den Mund mit Seife aus, bevor ihr über die Squadra Mobile von Valdenza sprecht.«

Bevor es zu Handgreiflichkeiten kommen konnte, trat Commissario Crisanti dazwischen.

»Schluss jetzt!«, brüllte er Bini und Ciondolo an.

»Ach, wir sind also schuld?«, keifte Bini zurück.

»Halten Sie den Mund. Noch ein Wort, und Sie haben ein Disziplinarverfahren am Hals.«

»Das geht ja gut los! Der Unparteiische hat sich vom Gegner schmieren lassen«, maulte Ciondolo.

Crisanti fuhr herum: »Was haben Sie gesagt, Ispettore?«

»Zu viel der Ehre, Dottore. Ich bin nur Assistente Capo. Und zwar schon sehr lange. Die haben angefangen und uns beleidigt und gemeint, wir würden nicht korrekt arbeiten, und Sie machen uns Vorwürfe?«

Der Commissario wusste sofort, worauf Ciondolo anspielte. Er war zwar kein brillanter Ermittler, aber dass man sich besser nicht mit einem erfahrenen Polizeihauptwachtmeister an-

legen sollte, war ihm durchaus bewusst. Altgediente Beamte am Ende ihrer Karriere hatten nichts mehr zu verlieren. Sie hatten keine Beförderungschancen mehr und saßen fest im Sattel. Einmal in die Enge getrieben, würden sie sogar dem Polizeichef Paroli bieten. Deshalb hielt er es für schlauer, die Sache auf sich beruhen zu lassen.

»*Wir beruhigen uns jetzt alle mal wieder*«, *versuchte er, die Wogen zu glätten.*

Ispettore Proietti hatte sich bislang bedeckt gehalten. Nicht, weil er Angst hatte oder übervorsichtig war, er war schlicht und einfach angewidert. Das konnte man seinem Gesichtsausdruck ansehen, das Ritual nach einer missglückten Aktion hatte er schon unzählige Male durchlebt. Das Adrenalin, das sich nicht in Triumphgefühlen Bahn bricht, sondern in einem gefangen bleibt, wie bei einem Coitus interruptus, und sich schließlich in Wut verwandelt. Man musste der Niederlage Ausdruck verleihen, sie musste ein Gesicht, einen Vor- und einen Nachnamen haben. Der Misserfolg sucht immer einen Verantwortlichen, und im Gegensatz zum Erfolg wollte niemand dieser Verantwortliche sein.

»*Sie haben recht, Dottore*«, *sagte er, und nach einem Blick in die Runde fügte er hinzu:* »*Wir haben unsere Pflicht getan, aber er hat uns reingelegt.*«

Schweigen machte sich breit, jeder hing seinen eigenen Gedanken nach. Danach wurde die Diskussion sachlich.

»*Wir durchsuchen jetzt das Büro des Kollegen, besonders seinen Spind*«, *ordnete Crisanti an Proietti gewandt an.*

Angelockt vom Stimmengewirr, erschien Sovrintendente Michela Paolozzi auf der Schwelle, sie hatte gerade ihren zweiten Kaffee getrunken.

»*Guten Morgen, was ist denn heute nur los? Ist etwa ein*

Krieg ausgebrochen? Seit halb acht geht's hier zu wie im Taubenschlag!«

»*Wie, seit halb acht?«, fragte Bini.*

»*Ich bin immer um diese Zeit im Büro, um das Morgenbulletin zusammenzustellen. Heute Morgen habe ich auf dem Flur den Chef getroffen.«*

»*Dottor Casabona?«, fragte Crisanti.*

»*Wen sonst? Bis Sie mir das Gegenteil beweisen, ist er unser Chef«, antwortete sie mit der ihr eigenen Respektlosigkeit.*

»*Addio, Durchsuchung, die können wir uns sparen. Der Commissario hat aufgeräumt und garantiert alles verschwinden lassen, was ihn belasten könnte«, seufzte ein Ispettore der Florentiner Kripo enttäuscht.*

»*Er hat sich an den offensichtlichsten Ort begeben, daran haben wir nicht gedacht. Er ist uns immer einen Schritt voraus, den kriegen wir nie. Er hat uns auflaufen lassen wie die Deppen«, erwiderte Ciondolo, in seinen Worten lag kaum verhohlene Bewunderung.*

Fast hätte seine Provokation zu neuem Streit geführt, doch zum Glück klingelte Crisantis Handy, bevor die Situation eskalieren konnte. »*Ja? Bist du sicher? Ihr seid an ihm dran? Gut. Haltet mich regelmäßig auf dem Laufenden.«*

Er legte mit einem erleichterten Seufzen auf und wandte sich an die anderen. »*So clever, wie hier manche behaupten, ist er dann doch nicht. Sein Handy hat ihn verraten, wir verfolgen das Signal. Er ist im Zug nach Mailand. Ich glaube, seine Tochter lebt dort, damit war zu rechnen. Auf geht's, worauf warten wir noch?«*

Als alle aufsprangen, wandte er sich an Ispettore Proietti: »*Sie und Ihr Team sollten besser in Valdenza die Stellung halten und als Einsatzreserve vor Ort bleiben. Wenn Sie sich nütz-*

lich machen wollen, recherchieren Sie, bei wem und wo er sich verstecken könnte. Die Ehefrau, engste Freunde. Halten Sie mich über alles auf dem Laufenden, was nützlich für die Ermittlungen sein könnte.«

Proietti nickte nur, froh darüber, in Valdenza bleiben zu können und sich nicht länger mit dem Rest der Truppe herumschlagen zu müssen.

6

Ich verließ den Bahnhof Valdenza durch einen Seitenausgang. Den Kopf hielt ich gesenkt, aus Angst, jemand würde mich erkennen und ein Schwätzchen mit mir halten wollen. Währenddessen dachte ich nach, welchen Freund ich um Hilfe bitten könnte.

Nach einer Weile kam ich zu der ernüchternden Erkenntnis: Ich hatte keine Freunde. Ich hatte nie ernsthaft darüber nachgedacht, aber ich musste der Wahrheit ins Auge sehen und sie akzeptieren, ob ich wollte oder nicht. Das war die Realität. Das Dorf, wo ich meine Kindheit und Jugend verbracht hatte, war weit weg. Damals hatte ich Freunde gehabt, Kindheitsfreundschaften, die die Zeit überdauerten. Persönliche Interessen und Vorteile hatten noch keine Rolle gespielt. Doch durch meinen Beruf war ich quer durch Italien versetzt worden, von einer Dienststelle zur anderen, bis ich schließlich in Valdenza gelandet war. Hier hatte ich zwar viele Bekannte, aber niemanden, den ich wirklich einen Freund nennen konnte. Ich wurde respektiert, jedoch nur in meiner Rolle als Kommissar, und darauf kam es jetzt nicht an. Die engste Verbindung hatte ich zu meinen Kindern, aber die wollte ich unbedingt aus der Sache raushalten. Dann gab es noch die Kollegen, für die ich allerdings ein gesuchter Verdächtiger war. Meine Frau Francesca kam mir in den Sinn, die mich in Krisenzeiten immer unterstützt hatte, aber unsere Beziehung war passé. Und wurde ich nicht verdächtigt, ihren vermeintlichen Geliebten ermordet zu haben? Sie überhaupt in Erwägung zu ziehen, war ein Ding der Unmöglichkeit.

Aber jetzt war bestimmt nicht der richtige Zeitpunkt, eine Lebensbilanz zu ziehen und vor lauter Wehmut in Depressionen zu verfallen. Ich brauchte jetzt zwei Dinge: einen sicheren Ort, an dem ich mich verstecken konnte, und einen Menschen, der mir dabei half, zu verstehen, was da vor sich ging. Nicht irgendwen, sondern jemanden, der Gelegenheit zur Akteneinsicht hatte. Ergo einen Polizisten. Aber wer?

Meine Kollegen kamen nicht in Frage. Sie überboten sich wahrscheinlich schon in schlauen Sprüchen wie »Auch er kann seiner gerechten Strafe nicht entgehen«, »Die Gerechtigkeit muss ihren Lauf nehmen« oder »Wir müssen Vertrauen in die Justiz haben«. Keiner würde seine Karriere aufs Spiel setzen, nur um mir zu helfen. Die Karriere war das Wichtigste im Leben eines Beamten. Und meine Leute aus dem mobilen Einsatzkommando durfte ich nicht in die Sache reinziehen. Sie würden ohnehin von Crisanti auf Schritt und Tritt misstrauisch beäugt werden.

Der Zufall kam mir zu Hilfe. Auf dem Bahnhofsparkplatz erkannte ich den Wagen von Ispettore Sarripoli, dem Chef der Bahnpolizei von Valdenza. Jahrelang war er ein wichtiger Teil meiner Einheit gewesen, bis er um seine Versetzung gebeten hatte. Er wollte regelmäßigere Arbeitszeiten. Wir hatten uns immer gut verstanden, auch über das Berufliche hinaus. Keine richtigen Freunde, aber schon ziemlich nah dran. Und da es das Schicksal so wollte, ergriff ich die Gelegenheit beim Schopf. Auch nach seinem Wechsel zur Bahnpolizei hatte er noch immer gute Kontakte. Von ihm würde ich die Informationen bekommen können, die ich brauchte.

Er war der Richtige, zumal Crisanti und seine Leute ihn nicht kannten und somit auch nicht wissen konnten, dass wir nach seiner Versetzung in Kontakt geblieben waren.

Sarripoli hatte gerade seinen ziemlich ramponierten weißen Fiat Punto geparkt und war dabei, auszusteigen. Ich öffnete die Beifahrertür und stieg ein. Er schaute mich an, erst überrascht, dann besorgt und schließlich resigniert, als würde er ahnen, dass etwas auf ihn zukam, das Ärger bedeutete, aber unvermeidbar war.

»Was ist los?«

»Ich bin in Schwierigkeiten, Emilio. Ich brauche deine Hilfe. Es ist ernst.«

»Ich höre.«

»Lass uns von hier wegfahren, ich werde gesucht, man könnte mich erkennen.«

»Wer sucht dich?«

»Die Kripo Florenz und auch meine Leute.«

»Was redest du denn da, Tommaso? Soll das ein Scherz sein? Hast du den Verstand verloren?«

»Ich wünschte, es wäre ein Scherz … komm, fahr los. Jetzt.«

»Und wohin?«

»In die Berge, raus aus der Stadt.«

Sarripoli startete den Fiat, fuhr los und bog auf die Straße in Richtung Hügel ein.

»Und jetzt sag mir, was los ist, verdammt noch mal. Ich mache mir wirklich Sorgen.«

»Heute Morgen um sechs standen Fabio Proietti, Stefano Bini und Antonio Giordano vor meiner Tür, in Begleitung von Kollegen der Kripo Florenz. Sie hatten einen Durchsuchungsbefehl dabei.«

»Einen Durchsuchungsbefehl?«

»Ich habe sie reingelassen, aber als ich die Anklage gelesen habe, bin ich unter einem Vorwand ins Schlafzimmer gegangen, aus dem Fenster gesprungen und abgehauen.«

»Und was stand da?«

»Mord.«

»Mord?«

»Mord, Emilio, Artikel 575, Strafgesetzbuch.«

»Und an wem?«

»Dottor Marco Romoli, der Onkologe, bei dem Francesca in Behandlung war. Das glaube ich jedenfalls.«

»Ihr Liebhaber?«

Jetzt war ich überrascht.

»Du weißt das?«

»Hör mal, Tommaso, hier weiß jeder, dass dich deine Frau verlassen hat, weil sie eine Affäre mit ihm hat«, antwortete er verlegen. »Aber dass er tot ist, davon weiß ich nichts.«

»Ich wusste es auch nicht, Michela Paolozzi hatte es von einem gehört, der bei der Bergung der Leiche dabei war. Im Wald des Mugello hat man ihn gefunden, mit Schussverletzungen.«

»Und du hast ihn umgebracht?«, fragte Sarripoli so ungerührt, als würde er mir einen Kaffee anbieten.

»Blödsinn, Emilio! Natürlich nicht. Sehe ich aus wie einer, der rumläuft und Leute erschießt?«

»Immerhin war er der heimliche Liebhaber deiner Frau.«

»Was hat das denn damit zu tun, verdammt noch mal? Und übrigens: Objektiv gesehen war er nicht ihr heimlicher Liebhaber, denn ich habe es gewusst. Bevor sie mich verlassen hat, hat sie mir klipp und klar gesagt, was Sache ist. Aber davon mal abgesehen, traust du mir so etwas zu? Ich habe ihn natürlich nicht umgebracht, seit Francescas Krankenhausaufenthalt habe ich ihn nicht mehr gesehen.«

Sarripoli lenkte den Punto in eine Parkbucht auf halber Höhe, von wo aus man einen atemberaubenden Blick über das Tal hatte. Es standen schon ein paar andere Autos hier, größtenteils Pärchen, die das Panorama genießen wollten. Von hier aus wirkte Valdenza traumhaft schön. Die Ziegeldächer der Häuser strahlten in unterschiedlichen Rottönen, die Kuppeln und die Glockentürme der Kirchen reckten sich stolz in den tiefblauen Himmel.

Er schaltete den Motor ab und sprach sein Urteil.

»Mein Freund, wenn das so ist, dann sitzt du gehörig in der Scheiße. Wie sagt man so schön: Dir ist eine schwarze Katze über den Weg gelaufen.«

Als ich nicht lachte, sondern nur das Gesicht verzog, fügte er hinzu: »Wie kann ich dir helfen, Tommaso?«

»Ich muss wissen, worauf sich die Anschuldigungen gegen mich stützen und wer hinter der Sache steckt, sonst kann ich mich nicht verteidigen.«

»Warum stellst du dich nicht und lässt dich von einem guten Anwalt vertreten?«

»Ist das dein Ernst? Denk doch mal an die italienische Justiz, das dauert ewig, bis da etwas passiert. Wenn alles gut läuft, werde ich *post mortem* rehabilitiert.«

»Also gut, was soll ich tun?«

»Ich brauche Informationen, Emilio. Recherchiere in den digitalen Archiven, hör dich um, versuche, mit jemandem aus der mobilen Kripo-Einheit zu sprechen, aber ohne Verdacht zu erregen. Du weißt schon, wie man das macht.«

»Ich werde es versuchen. Wie erreiche ich dich?«

»Hast du immer noch dieses Profilbild bei Facebook, das

von vor zehn Jahren, als du noch volles Haar hattest und schlanker warst?«

»Ja, aber zehn Jahre ist das auf keinen Fall her.«

»Egal. Wenn du etwas herausgefunden hast, tausch das Bild aus. Ich weiß dann, dass du Neuigkeiten hast, und melde mich. Und jetzt lass uns weiterfahren, die neben uns schauen schon so komisch. Ich möchte nicht, dass sie uns für Spanner halten.«

7

Commissario Crisanti und seine Leute brauchten etwa zweieinhalb Stunden bis zum Hauptbahnhof Mailand.

Während der Fahrt hielten sie Kontakt mit dem Polizisten im Beobachtungsraum der Kripo Florenz. Er hatte den Weg des Handys verfolgt, mit dem Fahrplan abgeglichen und so zweifelsfrei herausgefunden, dass es mit der Frecciarossa aus Rom unterwegs war, die gegen elf in Mailand eintreffen sollte.

Crisanti wusste genau, dass sie es nicht pünktlich schaffen würden, selbst mit zweihundert Sachen, Blaulicht und Sirene. Deshalb beschloss er, die Bahnpolizei Mailand einzuschalten. Er schickte ihnen Casabonas Foto per Mail, mit der Bitte, ihn bei der Ankunft des Zuges gebührend in Empfang zu nehmen.

Vor jeder Waggontür waren zwei Bahnpolizisten positioniert, die jeden aussteigenden Fahrgast kontrollierten. Aber Casabona war nicht dabei.

Als Crisanti am Hauptbahnhof eintraf, war die Aktion schon beendet. Der leitende Beamte der Bahnpolizei war Vittorio Bardi, ein alter Haudegen, der kurz vor der Pensionierung stand. Trotzdem trug er seine Uniform mit Würde und Stolz. Seine weißen Haare lugten unter seinem gut sitzenden Barett hervor, der gepflegte rabenschwarze Bart verlieh ihm das Aussehen eines Freiheitskämpfers aus dem 19. Jahrhundert. Commissario Renato Balsamo, der Leiter des mobilen Einsatzkommandos in Mailand, war das genaue Gegenteil, ein lockerer Typ in Zivil, mit Markensneakers und schicker Daunenjacke. Das Selbstbewusstsein in Person.

Bardi und Balsamo standen am Bahnsteigende und warteten auf Crisanti, um ihm von dem Desaster zu berichten. Die beiden waren sichtlich ungehalten, es war ein verlorener Morgen, sie hatten mehr als ein Dutzend Beamte von ihrer Arbeit abgezogen, für eine Aktion, deren Erfolg vorprogrammiert geschienen hatte, aber zu einem Riesenflop geworden war.

Crisanti und sein Team erlebten jetzt genau das, was ihren Kollegen von der Squadra Mobile Valdenza einige Stunden zuvor passiert war: Sie mussten die Verantwortung für eine gescheiterte Polizeiaktion übernehmen.

Er versuchte, sich zu rechtfertigen.

»Commissario Casabona wird seit gestern abgehört. Sein Handy wurde eindeutig in der Frecciarossa von Rom nach Mailand geortet. Er muss im Zug gewesen sein.«

»Dann kontrolliert doch mal, wo sich das Handy jetzt gerade befindet. Dann wissen wir, ob er noch im Bahnhof oder schon woanders ist«, schlug Balsamo vor.

Crisanti telefonierte mit dem Beamten in Florenz, nach einem kurzen Gespräch legte er auf. Er wirkte entmutigt.

»Im Augenblick ist das Telefon ausgeschaltet. Das letzte Signal wurde vor etwa einer Stunde geortet«, murmelte er.

»Verdammte Scheiße!«, polterte Bardi. »Vor einer Stunde war der Zug in Parma. Vielleicht ist er dort ausgestiegen, oder eine Station weiter, in Piacenza. Ihr habt uns den halben Bahnhof für nichts und wieder nichts lahmlegen lassen.«

Balsamo war hin- und hergerissen. Er war Mailänder, aber auch Ermittlungsbeamter, und versuchte, zwischen der Bahnpolizei und den Kollegen aus Florenz zu vermitteln.

»Warum hast du angenommen, dass Casabona ausgerech-

net nach Mailand fährt, Mauro? Gibt es einen Grund dafür, dass du Parma oder Piacenza ausgeschlossen hast?«

»In Mailand lebt und arbeitet seine Tochter. Deshalb bin ich davon ausgegangen, dass er bis zur Endstation fährt. Ist doch naheliegend, oder?«

Balsamo nickte. Bardi nutzte die Gunst der Stunde, um sich aus dem Schlamassel herauszuziehen.

»Gut, wenn das so ist, geht uns die Sache nichts mehr an. Es sei denn, die Tochter wohnt hier im Bahnhof. Aber das kann nicht sein, das wüsste ich.« Ohne eventuelle Kommentare abzuwarten, entschied er: »Wir nehmen unseren normalen Dienst wieder auf, es ist ja einiges liegen geblieben.« Er verabschiedete sich per Handschlag, drehte sich um und ging, gefolgt von seinen Leuten.

Balsamo, gebürtiger Neapolitaner, flüsterte Crisanti zu: »Entspannt bleiben, Kollege. Chist' so ferrovieri, *richtige Polizeiarbeit kennen die nicht.«*

Crisanti tat der Zuspruch gut, er wirkte aber immer noch verwirrt.

»Sie behaupten, er sei nicht ausgestiegen. Kann man denen wirklich trauen?«

»Was soll ich sagen, Kollege, die Hand würde ich nicht für sie ins Feuer legen. Ich schlage vor, die Tochter zu überprüfen. Und jetzt nichts wie raus aus diesem Rummel hier, von dem ganzen Krach brummt mir der Schädel.«

»Ganz meine Meinung, je schneller wir hier wegkommen, desto besser.«

Sie verließen das Bahnhofsgebäude in Richtung ihrer geparkten Autos.

8

Ispettore Sarripoli hatte es eilig, endlich zur Arbeit zu kommen. Wir fuhren wieder in Richtung Stadt, ich ließ mich etwa hundert Meter vor dem Rehabilitationszentrum für Menschen mit psychosomatischen Störungen absetzen, in dem Dottoressa Barbara Melani arbeitete, die ich vor einigen Monaten kennengelernt hatte, als ich aus beruflichen Gründen in der Klinik gewesen war.

Seit damals trafen wir uns regelmäßig. Ich wüsste nicht, wie ich unsere Beziehung anders beschreiben sollte, ohne mich lächerlich zu machen. Wir waren beide über das Alter hinaus, wo man die Beziehung zwischen einem Mann und einer Frau mit einem Etikett versehen muss. Wir trafen uns, weil es uns guttat und wir Freude an dem hatten, was wir taten, und wir bemühten uns nicht, dem Kind einen Namen zu geben. Waren wir Geliebte? Beziehungspartner? Freunde? Wir waren niemandem Rechenschaft schuldig. Wichtig für mich war einzig und allein, dass sie in meinem Leben war und mir half, das Scheitern meiner Ehe zu ertragen.

Barbara war der Mensch, der mir derzeit am nächsten stand. Ob sie Francescas Platz in meinem Herzen eingenommen hatte? Nein, das war nicht möglich. Menschen sind keine Autoreifen, die man einfach austauschen kann, wenn das Profil abgefahren ist. Die wahre Liebe, wie die zwischen Francesca und mir, ist einzigartig, nicht wiederholbar. Der

Weggang des einen verändert auch den anderen. Wer sich trennt, nimmt auch ein Stück des anderen mit, doch der ist noch immer in die Welt verstrickt, wie sie einmal war. Eine gemeinsame Vergangenheit kann man nicht trennen, auch wenn man manchmal glaubt, man könne sie einfach verleugnen. Man kann sich nicht in die Zeit zurückversetzen, in der man sich geliebt hat. Jede Liebe hat eine neue Melodie, auch wenn sie aus den gleichen Noten besteht, ob es uns gefällt oder nicht.

Ich betrat den weitläufigen Park, ging an Platanen und von Mispelhecken gesäumten Rasenflächen vorbei und setzte mich in den Schatten, um keine Aufmerksamkeit zu erregen. Ich wartete, unschlüssig, ob ich mich Barbara anvertrauen oder wieder weggehen sollte.

Ich fühlte mich in die Vergangenheit zurückversetzt, als ich noch Verdächtige aktiv beschattet hatte. Mittlerweile hatte ich das aufgegeben. Ich war in der Stadt einfach zu bekannt, jedes Mal bestand das Risiko, dass ich aufflog. Meine Männer waren erleichtert über meine Entscheidung gewesen, im Grunde hatte ich ihre Arbeit eher behindert. Aber eine persönliche Überwachung war immer noch effektiver als jede noch so perfekte Videokamera, die zwar alles registrierte, aber ein beschränktes Einsatzfeld hatte.

Nach einer Weile wurde mir klar, dass ich hier nicht sitzen bleiben konnte. Irgendwann würde mich jemand erkennen und entweder grüßen oder misstrauisch werden und die Polizei rufen.

Ich nahm das Handy aus der Jackentasche, das ich aus dem Safe in der Questura mitgenommen hatte, und schaltete es an. Es war ein altes Motorola, mit dem man nur telefonieren konnte, aber immerhin. Es hatte noch ein bisschen Akku, was mir eine gewisse Unabhängigkeit verlieh, wenn auch nur kurz, mehr als einen Tag würde es nicht reichen.

Ob ich Barbara anrufen sollte? Doch ich hatte ihre Nummer nicht im Kopf, die war in meinem Smartphone gespeichert. Keine Chance, ich konnte niemanden anrufen, nicht mal meine Kinder, selbst deren Nummern konnte ich nicht auswendig.

Wie so oft half mir die schiere Notwendigkeit, eine Lösung zu finden. Ich ging zu dem Schild am Eingang, wo die Nummer der Telefonzentrale stand. Dort könnte ich anrufen und mich verbinden lassen, ohne meinen echten Namen nennen zu müssen. Ich wollte gerade wählen, als mir meine finstere Polizistenseele auf die Schulter tippte und fragte: »Bist du sicher, dass du dieser Frau vertrauen kannst? Du kennst sie erst ein paar Monate, wenn sie jemandem erzählt, dass du angerufen hast, dann kann man das leicht zurückverfolgen und du kannst das Telefon vergessen.«

Ich war mit dem zynischen Dämon in meiner Seele, der mich seit meinem Eintritt in die Welt der Erwachsenen begleitete, nicht immer einer Meinung. Wir lebten in einer Zwangsgemeinschaft. Er sah immer nur das Negative, die Welt war für ihn voller Bosheit und Betrug. Das Gute war lediglich eine Illusion, die das Böse geschaffen hatte, um die naiven Kleingläubigen in die Falle zu locken. Er war ein Monster, das sich von all den Schändlichkeiten nährte, die mir in meinen vielen Dienstjahren widerfahren waren. Ich hatte versucht, ihn davon zu überzeugen, dass die Realität nicht nur in seiner verzerrten Wahrnehmung bestand, aber vergebens. Er wühlte im Dreck und tat dann so, als würde er mir gute Ratschläge geben.

Doch das Schlimmste war, dass er fast immer recht hatte.

Wie gerne hätte ich ihn vom Gegenteil überzeugt, ihn ausgelacht und ihm gesagt: »Siehst du, du bist ein paranoider notorischer Schwarzseher, du hast dich geirrt.« Aber es war leider umgekehrt, und das ließ er mich spüren: »Du bist eine Null, ohne mich kriegst du doch nichts auf die Reihe. Die meisten Verbrecher, die du hinter Gitter gebracht hast, wären noch auf freiem Fuß und könnten erzählen, was für ein naiver Idiot du bist. Ich habe dir beigebracht, wie man überlebt. Du solltest mir dankbar sein, stattdessen versteckst du mich und schämst dich für mich.«

Ich dachte einen Moment nach und steckte das Handy in die Tasche zurück. Er hatte verflixt noch mal recht, dieser Bastard. Wie immer.

Wer war Barbara Melani wirklich? Ich kannte sie erst seit wenigen Monaten, wir hatten uns vielleicht fünf, sechs Mal gesehen. Warum sollte sie wegen mir ein Risiko eingehen? Wer war ich überhaupt für sie? Bis zu diesem Moment war es reines Vergnügen gewesen, aber jetzt war alles anders. Keine Ahnung, ob sie mir wirklich helfen würde.

Im Grunde funktionierten Liebesbeziehungen genau so. Mit der Energie der Leidenschaft und der Leichtigkeit des Verliebtseins konnte man hohe Mauern bauen, die aber auf den instabilen Fundamenten von Gefühlen standen.

Auf Gefühle zu setzen, war, wie ein Haus an das Ufer eines Flusses zu bauen, dessen Fluten eines Tages alles mit sich reißen würden.

Ich konnte dieses Risiko nicht eingehen. Nicht in diesem Moment und nicht auf diese naive Weise. Ich beschloss, nachzudenken und auf eine bessere Gelegenheit zu warten.

9

Francesca saß vor dem Schreibtisch von Ispettore Proietti im Büro des mobilen Einsatzkommandos in Valdenza. Ebenfalls im Raum waren Sovrintendente Bini und Assistente Giordano, die sie in ihrem Haus am Golf von Baratti abgeholt hatten. Dorthin war Casabonas Frau nach der Trennung gezogen.

In letzter Zeit musste sie recht nachlässig gewesen sein, was ihr Äußeres anging. Man erkannte den grauen Ansatz der dunkelblond gefärbten Haare, und sie schien etwas zugenommen zu haben. Ganz offensichtlich war es auch ihr schon mal besser gegangen. Und doch war und blieb sie eine schöne Frau, mit sanften Gesichtszügen und stolzem Auftreten.

Bini und Ciondolo hatten es auf der Fahrt bei vagen Andeutungen belassen. Wenn Francesca neugierig auf das Motiv dieser so dringenden Vorladung war, dann ließ sie sich das nicht anmerken. Stattdessen lag ein weit stärkeres Gefühl im Raum, das für alle gleichermaßen spürbar war: Verlegenheit. Niemandem gefiel es, in dieser Situation zu sein. Weder den Polizisten, die die Ehefrau ihres Chefs befragen mussten wie eine ganz normale Verdächtige, noch Francesca, die nicht wusste, was von dem, was zwischen ihr und ihrem Mann vorgefallen war, an die Öffentlichkeit geraten war.

Ispettore Proietti hatte den Mut, das Eis zu brechen.

»Signora, es tut uns leid, dass wir Sie so eilig vorgeladen haben, aber wir müssen Ihnen einige Fragen stellen. Dann bringen wir Sie wieder nach Hause.«

Francesca begriff sofort, dass es sich um etwas sehr Ernstes handeln musste. Sie kannte Proietti seit vielen Jahren, sie hatten sich oft unterhalten, am Telefon oder auch persönlich, und eine solche bewusste Distanz war völlig unverständlich für sie. Sie wollte gerade sagen: »Fabio, ich bin's, Francesca. Wir kennen uns schon ewig, du kannst mich ruhig duzen.« Aber dann entschied sie sich, die Dinge so laufen zu lassen, wie sie zu sein hatten.

»Sagen Sie mir doch bitte, um was es geht.«

»Wann haben Sie Commissario Casabona das letzte Mal gesehen?«

»Wen? Tommaso?«

»Ja.«

»Das muss einige Wochen her sein. Wir haben uns getroffen, um über einige Details unserer Trennung zu sprechen. Ich nehme an, Sie wissen, dass wir uns vor einigen Monaten getrennt haben?«

Sie drehte sich zu Bini und Ciondolo, um ihnen zu verstehen zu geben, dass die Frage auch an sie gerichtet war. Die beiden gingen nicht darauf ein, sondern nutzten die Gelegenheit, um den Raum zu verlassen. Die Situation war unerträglich geworden.

»Ja, das wissen wir«, antwortete Proietti. Dann fuhr er fort: »Und seitdem haben Sie auch nicht miteinander telefoniert?«

»Nein, ich habe ihn seit Wochen weder gesehen noch gesprochen. Warum fragen Sie mich das alles? Ist ihm etwas passiert? Geht es ihm nicht gut?«

»Nein, ihm ist nichts passiert. Es geht ihm gut, machen Sie sich keine Sorgen. Wie hat er sich verhalten, als Sie ihm eröffnet haben, dass Sie ihn verlassen wollen?«

»Am Anfang hatte er Schwierigkeiten damit, aber dann ist

er zur Vernunft gekommen. Ich hatte sogar den Eindruck, dass er sich recht schnell auf die neue Situation eingestellt hat.«

»Ist er Ihnen gegenüber jemals gewalttätig geworden? Hat er Sie bedroht?«

»Nein, nie. Wie gesagt, anfangs konnte er es nicht verstehen, wollte mich davon überzeugen, zu bleiben. Ja, er war wütend, hat die Grenzen aber nie überschritten.«

»Und Dottor Marco Romoli gegenüber?«, fragte Proietti so einfühlsam wie möglich.

Francesca wirkte jetzt noch verwirrter.

»Bei ihm auch nicht, soweit ich weiß. Er war nur auf mich wütend, der andere hat ihn nicht interessiert. Aus seiner Sicht bin allein ich verantwortlich für das, was passiert ist.« *Dann fügte sie selbstanklagend hinzu: »Im Grunde hatte er recht damit, das so zu sehen. Marco hat nichts damit zu tun.«*

Aus diesen Worten schloss Proietti, dass sie keine Ahnung hatte, was vorgefallen war. Er beschloss, beim Thema zu bleiben.

»Wann haben Sie Dottor Romoli zuletzt gesehen?«

»Vor mehr als einem Monat.«

Proietti gelang es nicht, seine Überraschung zu verbergen.

»Vor mehr als einem Monat?«

»Ja«, nickte Francesca, »tatsächlich haben wir uns nach meiner Trennung nur noch zwei- oder dreimal getroffen. Dottor Romoli wurde immer distanzierter, sein Interesse an mir schwand zusehends. Mir wurde klar, dass die Dinge nicht so lagen, wie ich sie mir vorgestellt hatte. Alles war zu Ende, bevor es überhaupt angefangen hatte.«

Proietti war so überrascht von Francescas Worten, dass er seine professionelle Vorgehensweise aufgab und persönlich wurde.

»Aber warum haben Sie das Tommaso denn nicht gesagt? In seiner Vorstellung sind Sie mit dem anderen glücklich um die Welt gereist! Er hat gelitten wie ein Hund.«

»Was sollte ich ihm denn sagen? Dass er recht hatte? Dass ich mir nur eingebildet hatte, die Liebe in meinem Leben wiedergefunden zu haben, sie stattdessen aber längst verloren hatte? Dass ich auf einen Mann reingefallen war, der nie erwachsen geworden ist und Frauen sammelt wie Trophäen, die er präsentiert, um sich zu beweisen, wie großartig und attraktiv er ist? Diese Erniedrigung habe ich ihm erspart. Das hat er nicht verdient, das wäre nicht gerecht gewesen. Ich habe alles kaputt gemacht, daran ist nichts mehr zu ändern. Ich muss ihn in Ruhe lassen, damit er sich ein neues Leben aufbauen kann, mit einer Frau, die es mehr verdient als ich.«

Proietti wusste nicht, wie er reagieren oder was er sagen sollte, ihm wurde die Situation zunehmend unangenehm. Francesca nutzte das, um zum Kern der Sache zu kommen.

»Fabio, hören wir auf mit dieser Komödie. Was zum Teufel geht hier vor? Ich verstehe schon, Job ist Job, aber wir kennen uns seit zwanzig Jahren, verdammt noch mal!«

»Der Chef ist zur Fahndung ausgeschrieben, Francesca. Wir sind nicht zuständig, der Fall liegt bei der Anti-Mafia-Einheit in Florenz. Heute Morgen waren wir bei euch, um eine Hausdurchsuchung zu machen und ihn festzunehmen, aber er konnte fliehen. Mehr kann ich dir nicht sagen. Wenn er dich kontaktieren sollte, wie auch immer, ob er anruft oder dir eine Nachricht schreibt, sag uns Bescheid. In seinem Interesse. Sag ihm, er muss sich stellen, sonst wird seine Situation nur noch schlimmer.«

»Und was wirft man ihm vor?«

»Den Mord an Dottor Romoli.«

Francesca saß da wie betäubt, als hätte man ihr ins Gesicht geschlagen. Andere Frauen wären in Ohnmacht gefallen.

»Man hat ihn tot in einem Wald im Mugello gefunden«, fügte Proietti hinzu, um das Thema abzuschließen.

Francesca beugte sich vor und vergrub das Gesicht in den Händen.

»Das kann nicht sein. So etwas würde Tommaso niemals tun. Das weißt du genauso gut wie ich, Fabio, dazu ist er nicht fähig. Wir kennen ihn beide lange genug. So etwas macht er nicht. Unmöglich.«

»In diesem Augenblick spielt es keine Rolle, was wir glauben. Wenn er unschuldig ist, dann wird die Wahrheit früher oder später ans Licht kommen.«

»Es ist alles meine Schuld, ich habe dieses ganze Schlamassel ins Rollen gebracht. Alles, was passiert ist, ist meine Schuld.«

Jetzt konnte Francesca sich nicht mehr beherrschen und brach in ein befreiendes Schluchzen aus.

10

Ich wartete auf Barbara. Sie wohnte in einem Einfamilienhaus in einem Wohnviertel etwas außerhalb von Valdenza, unweit des Rehabilitationszentrums, wo sie arbeitete.

Das schmiedeeiserne Tor war nicht abgeschlossen, und so schlüpfte ich ohne Schwierigkeiten auf den Hof und setzte mich auf den Korbstuhl unter der Arkade des Gebäudes.

Ich wusste, dass sie an diesem Nachmittag freihatte und nach Hause kommen würde. Es war nicht das erste Mal, dass ich sie um diese Zeit besuchte. Die Mittagspause ist seit jeher die Lieblingstageszeit aller Liebespärchen für ein rasches heimliches Treffen. Auch wir waren da keine Ausnahme, wir hatten es beide nicht eilig, unsere Beziehung öffentlich zu machen.

Als sie mich sah, war sie nicht sonderlich überrascht. Sie lächelte mich an und begrüßte mich wie gewohnt mit einem flapsigen Spruch.

»Ich bin wahrscheinlich die glücklichste Frau in Valdenza, mein Haus wird vom besten Polizisten der Stadt bewacht. Wer weiß, was mich dieser exklusive Service kosten wird und in welcher Währung ich zahlen soll.«

Barbara hatte das Talent zur Ironie. Eine Qualität, die ich immer schon geschätzt habe, besonders, weil sie beim weiblichen Geschlecht wenig verbreitet ist. Ich weiß nicht, warum, aber Frauen tendieren dazu, die Dinge zu ernst zu nehmen, sodass hinter jeder Ecke ein Konflikt lauert, selbst bei banalen Missverständnissen und gegenseitigem Unverständnis.

Ironie macht alles einfacher, Gott sei Dank, aber in der jetzigen Situation hätte mir nicht mal ein Gag von Dick und Doof ein Lächeln entlockt. Ich antwortete nur: »Ciao.« Dann fügte ich hinzu: »Ich bin gerade erst gekommen. Ich dachte, ich warte lieber hier, damit die Nachbarn nichts mitbekommen.« Was natürlich gelogen war.

»Gut gemacht«, erwiderte sie und tat so, als würde sie mir glauben. »Komm, wir gehen rein.«

Das Haus war nicht groß. Eingangsbereich, Wohnzimmer und Küche gingen ineinander über. Nach rechts ging ein schmaler Flur ab, der zum Schlafzimmer, zum Bad und zu einem kleinen Hauswirtschaftsraum führte. Das Haus wirkte einladend und war stimmig eingerichtet, wie es sich nur Singles erlauben können, weil sie bei der Einrichtung nicht bei jedem Detail auf andere Rücksicht nehmen müssen.

Barbara ging hinein, ließ die Tasche auf einen Sessel in der Ecke fallen, legte die Schlüssel zwischen eine Reihe von Fotos auf einem Regalbrett und zog den weißen Mantel aus. Dann hängte sie ihn an die Garderobe. Ich folgte ihr wortlos.

»Hast du schon zu Mittag gegessen? Soll ich was kochen?«, fragte sie.

»Ich will nicht stören, ich schneie hier einfach so rein. Ich weiß ja nicht mal, ob du nicht was anderes vorhast.«

»Du störst doch nicht. Gib mir ein paar Minuten, ich ziehe nur die Schuhe aus und was Bequemes über. Setz dich doch.«

Sie schaltete den Fernseher ein und verschwand im Bad.

Gerade begannen die 14-Uhr-Regionalnachrichten. Es verschlug mir kurz den Atem. Bis zu diesem Moment wäre ich nicht im Traum darauf gekommen, dass die Angelegenheit, in der ich die Hauptrolle spielte, eine Nachricht von nationaler Wichtigkeit sein könnte. Gut, es passiert auch nicht jeden Tag, dass einem Polizeikommissar der Mord am Liebhaber seiner Frau angelastet wird und er dann flüchtet. Es waren also alle Grundvoraussetzungen gegeben, mit meinem Gesicht die Zeitungen und die Fernsehschirme zu fluten.

Sie würden mich ohne Skrupel auseinandernehmen. Niemand ergreift Partei für einen *Bullen*, der auf der Anklagebank sitzt, das gehört sich einfach nicht. Ich dachte an meine Kinder, und ein tiefer Schmerz durchzuckte mich. Ich hatte sie noch nicht mal vorgewarnt, für sie wäre das so überraschend wie ein Erdbeben. Ich wusste zwar, dass ich nichts dafür konnte, was mir gerade zustieß, aber trotzdem fühlte ich mich für sie verantwortlich.

Nach der Anfangsmelodie kamen die Schlagzeilen. Unbewusst umklammerte ich die Sofalehne, als wäre sie ein Rettungsring, der mich inmitten der stürmischen See über Wasser halten würde.

Die erste Schlagzeile beschäftigte sich mit Politik. Anscheinend gab es eine Krise in der Regionalregierung, die politische Mehrheit war in Gefahr. Gut, dachte ich, das interessiert mich zwar nicht, wie übrigens die meisten Menschen, aber immerhin besser als meine Flucht als Headliner.

Wieder hielt ich die Luft an. Die zweite Nachricht betraf einen Bankraub in Florenz und die Festnahme der beiden Täter. Ein dritter konnte fliehen.

Ich lockerte den Griff meiner Hände. Nach einem banalen Bankraub konnte keine Nachricht über meine Flucht mehr kommen. Ganz offensichtlich hatte man die Presse noch nicht informiert.

Barbara tauchte wieder im Flur auf. Sie trug orientalisch anmutende Pantoffeln und ein übergroßes Flanellhemd mit rotem Schottenkaro, das ihr bis zum Knie reichte. Ihre blonden Haare hatte sie hochgesteckt. Das habe ich bei einer Frau schon immer unwiderstehlich gefunden. Normalerweise hätte ich sie in den Nacken geküsst, aber dieses Mal reagierte ich nicht. Die Spannung war immer noch nicht ganz abgeflaut, obwohl die Nachrichten vorbei waren. Sie bemerkte, dass etwas nicht stimmte.

»Was hast du? Du bist so seltsam heute. Geht es dir nicht gut?«, fragte sie.

Ich konnte nicht sagen, dass alles in Ordnung war, das hätte sie mir ohnehin nicht geglaubt. Ich hatte genug Lebenserfahrung, um zu wissen, dass ich eine Frau dieses Kalibers nicht belügen konnte. Sie haben einen untrüglichen sechsten Sinn, eine Art Detektor für Gefühle. Ich konnte gar nicht anders, als zu gestehen. Gestehen, aber nicht unbedingt die Wahrheit. Genau das würde ich tun. Ich konnte ihr in diesem Moment nicht die Wahrheit sagen. Nicht, dass ich ihr nicht vertraute, mein Misstrauen hatte ich bereits überwunden, als ich mich entschlossen hatte, zu ihr zu gehen, aber mir fehlten noch wichtige Informationen, um auf alle Fragen antworten zu können, die sie mir stellen würde.

»Ich habe eine grauenvolle Nacht hinter mir, wenig und schlecht geschlafen, mir geht zu viel durch den Kopf. Die Tatsache, dass ich wieder arbeiten gehen muss, meine Familie und so weiter ... mir ging es schon besser.«

Einen Augenblick lang musterte sie meine gespielte Gleichgültigkeit, sie spürte, dass ich nicht alles gesagt hatte, entschied aber, nicht weiter nachzuhaken.

»Du reagierst emotional über, Tommaso. Bist du wirklich sicher, dass du dir das alles auf die Schultern laden musst? Unser Alltag besteht aus Dingen, die wir machen, weil wir sie für notwendig halten, und solchen, die wir machen, weil sie uns gefallen. Unser Wohlbefinden hängt von der Balance zwischen beidem ab. Nimm mal einen für dich typischen Tag und achte darauf, was an einem solchen Tag Pflicht ist und was du gerne machst. Wenn Letzteres weniger als dreißig Prozent deiner Handlungen ausmacht, musst du die Pflichten entsprechend reduzieren und das Pendel mehr in die andere Richtung ausschlagen lassen.«

Barbara liebte die östliche Philosophie und besuchte Yoga- und Meditationskurse. Theoretisch hatte sie völlig recht, aber in meinem Fall war die Situation verzwickter. Und da ich nicht mit ihr darüber sprechen konnte, versuchte ich, das Thema mit einem Spruch abzuschließen.

»Und genau deshalb bin ich hier, Barbara. Ich muss das Pendel in die andere Richtung ausschlagen lassen.«

Sie lachte.

»Bravo, wenn du so weitermachst, bist du auf einem guten Weg.«

Sie öffnete den Kühlschrank und holte Salat, Cocktailtomaten, eine Gurke, Oliven und ein paar Eier heraus. Dann nahm sie eine Dose Thunfisch aus dem Vorratsschrank.

»Ich mache uns einen schönen Salade Niçoise. Passt das?«, fragte sie. Natürlich eine rein rhetorische Frage. Und wenn ich so dumm gewesen wäre, Nein zu sagen, wäre die Alternative Rohkost oder Tofu mit Ingwersauce gewesen. Einen Teller Spaghetti konnte ich von Barbara nicht erwarten. Zu viele Kohlenhydrate. Dieser Hang zu einem gesunden Lebensstil war etwas, was mir weniger gut an ihr gefiel. Francesca war da ganz anders gewesen, auch in der Küche. Aber sie war gegangen. Was blieb mir anderes übrig, als enthusiastisch zuzustimmen?

»Sehr gut. Ich liebe Salade Niçoise«, antwortete ich. Eine schamlose Lüge.

Nach dem Mittagessen prüfte ich, ob der amerikanische Psychologe Maslow recht damit hat, wenn er Sex in seiner Bedürfnispyramide als Grundbedürfnis definiert und ihn noch vor Sicherheit und Freiheit aufführt.

Es tat mir gut. Wir verstanden uns gut im Bett. Barbara hatte schon seit Langem Frieden mit ihrer Weiblichkeit geschlossen und sich von falscher Scham und Schuldgefühlen gelöst, die viele Frauen nicht ablegen können. Dieses »Ich würde schon gerne, oder eigentlich nicht, aber wenn du willst ...«, das ab einem gewissen Alter lächerlich wirkt.

Danach schlief ich ein und fand ein wenig Ruhe. Gott wusste, wie sehr ich das nötig hatte.

Als ich wieder aufwachte, saß sie neben mir. Sie hatte sich das Flanellhemd übergezogen, den Laptop auf den Knien und las ihre Mails.

Sie bemerkte, dass ich die Augen aufgeschlagen hatte.

»Du warst sofort weg. Wie lange hast du schon nicht geschlafen?«

»Wie spät ist es?«

»Fast acht.«

»Ich hatte Schlafdefizit.«

»Du hast im Schlaf gesprochen und dich hin und her gewälzt.«

»Und was habe ich gesagt?«

»Ein paarmal ›Ich weiß es nicht, ich weiß es nicht‹. Was hat das zu bedeuten?«

»Ich weiß es nicht.«

Sie stieß mir das Knie in die Seite.

»Arsch.«

»War ein Scherz. Ich erinnere mich nicht, ich hab geträumt.«

»Bleibst du zum Abendessen?«

Für meinen Magen klang diese Frage wie eine Drohung. Ich wechselte das Thema und bat sie, das Profil eines Kollegen auf Facebook aufzurufen, weil ich mir sein Foto ansehen wollte. Ich nannte ihr seinen Namen: Emilio Sarripoli.

»Das ist er. Ist dein Freund ein Hund?«, fragte sie und drehte den Bildschirm in meine Richtung.

Emilio hatte sein Profilbild gegen das Foto eines Schäferhundes ausgetauscht, das Symbol der absoluten Treue. Das war das vereinbarte Zeichen, ganz offensichtlich hatte er Neuigkeiten für mich.

Ich stand auf und ging in Richtung Bad.

»Ich muss telefonieren, Barbara, entschuldige.«

Ich schloss die Tür hinter mir.

Dann tippte ich die Nummer der Zentrale des Innenministeriums, die ich auswendig kannte.

»Guten Abend, hier spricht der Polizeipräsident von Florenz«, log ich, »ich muss mit der Bahnpolizei Florenz sprechen.«

»Bleiben Sie bitte dran, Signor Questore … ich verbinde Sie, Sie können jetzt sprechen.«

»Bahnpolizei Florenz.«

»Hier spricht der Polizeipräsident von Florenz, ich muss mit dem Kommandanten der Bahnpolizei in Valdenza sprechen, können Sie mich bitte verbinden?«

»Natürlich, Signor Questore, einen Augenblick.«

»Hallo, Signor Questore, hier spricht Ispettore Sarripoli, zu Ihren Diensten. Was kann ich für Sie tun?«

Selbst, wenn Sarripolis Handy abgehört werden sollte, würde es durch all die Umwege Tage dauern, bis man meine Nummer zurückverfolgt hätte.

»Guten Abend, Ispettore, Sie wollten mich sprechen?«

Er erkannte meine Stimme.

»Aber ...«

»Ich kann Sie jederzeit empfangen.«

Er verstand.

»Ich komme zu Ihnen, ich bin gerade in der Nähe, in zehn Minuten bin ich da.«

Jetzt war ich verblüfft.

»Sie kennen sich hier aus?«

»Natürlich, ein gemeinsamer Freund hat mir den Weg erklärt.«

»Gut, dann warte ich, bis später.«

Ich verließ das Badezimmer und ging ins Schlafzimmer, um mich anzuziehen.

»Barbara, ich kann nicht zum Abendessen bleiben, tut mir leid. Es gibt ein Problem im Büro, in zehn Minuten werde ich abgeholt. Aber danach komme ich wieder und bleibe über Nacht, wenn du magst.«

»Das fragst du noch?«, antwortete sie.

Ich küsste sie auf den Mund, um weitere Fragen zu vermeiden.

11

Commissario Casabonas Tochter Chiara hatte nach ihrem Abschluss in Psychologie mit dem Schwerpunkt Devianz ein Forschungsstipendium an der Universität Mailand bekommen. Commissario Crisanti und sein Kollege Renato Balsamo von der mobilen Einheit aus Mailand brauchten nur eine Viertelstunde dorthin.

Sie wollten Chiara von ihrem Arbeitsplatz an der Fakultät abholen und dann in ihre Wohnung bringen, in der Hoffnung, dort Casabona vorzufinden. Einen Versuch war es wert, besser, als unverrichteter Dinge und mit leeren Händen nach Florenz zurückzufahren.

Während der Fahrt nutzte Balsamo die Zeit, seinem Kollegen einige Fragen zu stellen. Ein paar Dinge, die ihm im Kopf herumschwirrten, seitdem man ihn mit den Ermittlungen betraut hatte.

»Mauro, dieser Casabona, traust du ihm das wirklich zu, was man ihm vorwirft? Ich habe noch nie mit ihm zu tun gehabt, aber soweit man hört, gilt er als guter und zuverlässiger Kollege. Meinst du, dass er vor Eifersucht den Kopf verloren hat?«

Crisanti saß auf dem Beifahrersitz, starrte aus dem Fenster und antwortete geistesabwesend.

»Was soll ich sagen? Kann es sein? Kann es nicht sein? Was weiß ich? Du weißt doch, wie die Dinge laufen. Man sagt uns, was wir machen sollen, und wir machen es. Was wir denken,

behalten wir für uns, es nutzt ja sowieso nichts. Damit bringt man sich nur in Schwierigkeiten.«

Balsamo ließ nicht locker.

»Wenn es so ist, wie du sagst, dann kannst du von niemandem Hilfe erwarten, wenn du selbst einmal ins Visier der Staatsanwaltschaft gerätst, auch wenn du unschuldig bist. Wenn ein Vorgesetzter entscheidet, dass du ein Schwein bist, dann ist das eben so? Alles, was du vorher geleistet hast, zählt gar nichts mehr?«

Crisanti antwortete nicht, und Balsamo sprach weiter.

»Und du machst einen Kollegen glücklich, weil dein Posten frei wird, auf den er scharf war. Oder, weil er einen Konkurrenten weniger hat, wenn es um eine Beförderung geht. Das ist Konformismus pur, gepaart mit Zynismus. Richtig widerlich ist das, na schifezz.«

Crisanti drehte sich zu ihm und warf ihm einen Blick zu, der Mitleid für die naive Art und Weise ausdrückte, mit der er sich äußerte, und Bedauern für seine unvorsichtige Art, wie er über bestimmte Themen sprach, über die man besser keine Witze machte.

Balsamo verstand und ruderte zurück. Plötzlich erinnerte er sich daran, was man ihm in der Ausbildung beigebracht hatte: »Wenn ihr Teil einer Gruppe seid, müsst ihr immer in Reih und Glied stehen und gut geschützt sein.« Das bedeutete, in jeder Reihe und in jeder Kolonne sieht man immer nur den Mann an der Spitze, die anderen stehen stumm und unsichtbar dahinter.

So funktionierte jede hierarchisch strukturierte Organisation, egal, ob legal oder illegal. Kirche oder Mafia. Wer an der Spitze steht, bestimmt, was hinter ihm in der Reihe passiert. Er legt fest, was richtig und was falsch ist, wer tüchtig ist und

Karriere macht und wer nicht, wer etwas gut oder schlecht macht, wer unschuldig ist und wen man verteidigen muss und wen man seinem Schicksal überlässt. Wenn dir die Musik nicht gefällt, bist du raus. Friss oder stirb.

Casabona hatte immer am Rand gestanden. Er dachte selbstständig, und was noch schlimmer war, er sagte, was er dachte. Auch, weil er bis zu diesem Moment immer der Meinung gewesen war, dass es darauf ankam, seinen Job gut zu machen. Aber jetzt stellte er fest, dass er falschgelegen hatte. Ganz im Gegenteil: Beruflicher Erfolg sorgte oft für Neid und Missgunst. Was wirklich zählte, war, die Beziehungen und die Kontakte, durch die man Gefälligkeiten erhielt oder jemand anderem zuteilwerden ließ, klug zu verwalten. Ein besonders kluger Kopf hatte das mal emotionale Intelligenz genannt.

Sie waren jetzt in der Nähe der Universität und entschieden, dass sie zu zweit zu Chiara gehen würden. Sie mussten nicht den ganzen Campus aufscheuchen. Die Polizei war in der Uni nicht gern gesehen. Seit den ersten Protesten 1968 hatten die Studenten eine Aversion gegen diejenigen entwickelt, die sie für die Vertreter des repressiven Staatsapparats hielten, und daran hatte sich bis heute nichts geändert. Eine über das angemessene Maß hinausgehende Präsenz wäre für sie eine Provokation.

Sie fanden sie im Flur der Psychologischen Fakultät, wo sie telefonierte. Chiara erkannte die Polizisten sofort und beendete abrupt das Gespräch.

Die beiden hatten nicht mal Zeit, sich vorzustellen.

»Sie suchen meinen Vater, nehme ich an?«

Crisanti nickte.

»Hier ist er nicht. Ich habe ihn seit einer Woche nicht gesehen und seit gestern nicht mit ihm telefoniert.«

»Warum haben Sie sofort gewusst, dass wir ihn suchen?«, fragte Balsamo.

»Ich habe gerade mit meiner Mutter gesprochen. Sie wurde auf dem Präsidium befragt, und man hat ihr alles gesagt. Das kann nicht sein. Mein Vater macht so etwas nicht.« Dann fügte sie in beißendem Ton hinzu, der ihre ganze Verachtung zum Ausdruck brachte: »Er ist kein Typ für so was, und Sie als Kollegen sollten das am besten wissen.«

»Wir machen nur unsere Arbeit, Signorina«, gab Crisanti kühl zurück.

»Sehr gut. Wenn Sie Ihre Arbeit gut machen, dann wissen Sie auch, dass meine Eltern ihre Beziehung auf zivilisierte Art und Weise beendet haben. Und dass mein Vater seit einiger Zeit eine feste Freundin hat. Für ein Eifersuchtsdrama, noch dazu mit Todesfolge, gibt es keinerlei Grundlage.«

»Wie soll man das wissen? Der menschliche Geist ist manchmal unergründlich. Das sollten Sie doch wissen, das ist schließlich Ihr Fachgebiet«, antwortete Crisanti.

Chiara wurde klar, dass der Kollege ihres Vaters ihr keinerlei Sonderbehandlung gewähren oder Mitleid mit ihr haben würde.

»Gut. Wie kann ich Ihnen helfen?«

Balsamo hatte sich zurückgehalten, das Verhalten seines Kollegen missfiel ihm. Aber Crisanti fuhr unbeirrt und im gleichen Tonfall fort.

»Sagen Sie uns, wo wir Ihren Vater finden können.«

»Wie gesagt, ich habe ihn seit einer Woche nicht gesehen und seit gestern nicht mehr gesprochen. Deshalb habe ich nicht die geringste Ahnung.«

»Und wo könnte er Ihrer Meinung nach sein?«

»Was soll ich Ihnen sagen? Der menschliche Geist ist unergründlich, wie Sie so treffend bemerkt haben.«

Crisanti begann, ungeduldig zu werden. Er drohte an der Aufgabe, die man ihm gestellt hatte, zu scheitern, früher oder später würde er sich dafür rechtfertigen müssen. Er hatte auch das letzte Quäntchen Humor, das er besaß, eingebüßt.

»Signorina, wir sind nicht zum Scherzen hier. Holen Sie Ihre Sachen, wir begleiten Sie nach Hause.«

Chiara war durch sein Verhalten nicht im Mindesten eingeschüchtert. Ganz im Gegenteil, sie spielte den Ball zurück.

»Signori, bei allem Respekt, aber meine Wohnung betreten Sie nur dann, wenn Sie einen vom Staatsanwalt unterschriebenen Durchsuchungsbefehl haben. Denn so funktionieren die Dinge in Italien, oder täusche ich mich?«

Commissario Balsamo wurde klar, dass sich sein Kollege in eine Sackgasse manövriert hatte, und versuchte deshalb, der ganzen Angelegenheit mit ein wenig gesundem Menschenverstand zu begegnen.

»Chiara, das ist eine reine Formalität. Wenn dein Vater wirklich nicht bei dir ist, schauen wir uns nur kurz um und gehen wieder, das dauert ein paar Minuten. Andernfalls müssen wir dich hier festhalten, bis wir einen Staatsanwalt gefunden haben, der das Dokument unterschreibt, und dann eine offizielle Durchsuchung vornehmen. Ich verstehe, was du gerade durchmachst, und ich wünsche mir, dass dein Vater heil aus der ganzen Sache herauskommt, aber versuche doch auch, unsere Lage zu verstehen.«

Chiara warf Crisanti einen vernichtenden Blick zu. Dann drehte sie ihm den Rücken zu und sagte zu Balsamo: »Gut, gehen wir. Es sind nur fünf Minuten zu Fuß.«

12

Ich war nicht sicher, ob Sarripoli wirklich wusste, wo ich mich aufhielt. Während ich am Fenster wartete, dachte ich die ganze Zeit darüber nach, ob ich es ihm besser hätte beschreiben sollen. Ein Missverständnis wäre fatal, wer weiß, wann ich wieder Gelegenheit hätte, ihn zu kontaktieren. Aber nach etwa zehn Minuten tauchte sein weißer Punto auf und blieb direkt vor dem Eingangstor stehen. Ich verabschiedete mich von Barbara und ging hinunter.

Um diese Uhrzeit war es keine gute Idee, weit rauszufahren, und wir drehten eine Runde durch die Vororte. Bei dieser Kälte war kaum jemand auf der Straße. Ich brannte darauf, zu erfahren, was es Neues gab, und kam sofort zur Sache.

»Also, Emilio, was hast du herausgefunden?«

»Fast alles, was es herauszufinden gibt«, antwortete er stolz. Dabei trug er dieses schmale Lächeln auf den Lippen, das er immer hatte, wenn er eine schwierige Aufgabe erledigt hatte. Ich kannte dieses Lächeln gut, es erinnerte mich an ein Emoticon und hatte Ciondolo schier wahnsinnig gemacht, seinen Lieblingsfeind, als er noch bei der mobilen Kripo-Einheit gearbeitet hatte.

»Wie hast du das in so kurzer Zeit geschafft?«

»Ich habe mit Fabio Proietti zu Mittag gegessen.«

»Und war das nicht zu auffällig?«

»Ehrlich gesagt, war er es, der mich eingeladen hat. Er ist vorbeigekommen, und wir waren bei Da Sandro.«

»Ich nehme an, du hast so getan, als wüsstest du von nichts?«

»Du kannst beruhigt sein, Tommaso. Ich habe mich dumm gestellt, aber so, wie Fabio sich benommen hat, war das gar nicht nötig.«

»Wie meinst du das?«

»Ich kam kaum zu Wort, er hat Fragen gestellt und sie selbst beantwortet. So gesprächig habe ich ihn noch nie erlebt, in den zehn Jahren, die wir zusammen bei der mobilen Einheit waren. Du weißt ja, wie er ist.«

Sicher wusste ich das. Mein Assistent Ispettore Proietti war immer schon schweigsam gewesen. Er sagte nur das Nötigste, und manchmal nicht mal das.

»Und?«

»Und das sagt mir, dass er weiß, dass wir in Kontakt sind. Er hat mich eingeladen, damit er dir auf diesem Weg alles mitteilen kann, was du wissen musst.«

Zu wissen, dass mein Stellvertreter und damit mein ganzes Team auf meiner Seite war, machte mir Mut. Plötzlich fühlte ich mich weniger allein.

»Was hat er gesagt?«

»Dass du in eine Camorra-Geschichte verwickelt bist.«

Ich glaubte, mich verhört zu haben.

»Camorra?«

»Ja, Camorra.«

»Was habe ich mit der Camorra zu tun? Das ist schon seit Jahren nicht mehr meine Zuständigkeit.«

»Die Vorwürfe gegen dich beruhen hauptsächlich auf den Aussagen eines Kronzeugen, eines ausgestiegenen Camorrista namens Ciro Auriemma. Kennst du ihn?«

Ich dachte einen Moment nach.

»Der Name sagt mir nichts, keine Ahnung, wer das ist.«

»Er gehört zum Settimio-Clan. Ein dicker Fisch, Capo einer bewaffneten Gruppe.«

An den Settimio-Clan erinnerte ich mich tatsächlich gut. Während meiner Dienstzeit in Neapel hatte ich gegen ihn ermittelt. Er gehörte zu den mächtigsten in Kampanien und konnte auf etwa hundert Männer zählen, Mitglieder und Unterstützer. Seine Aktivitäten erstreckten sich auf alles, was Geld brachte: Drogen, Erpressung, öffentliche Ausschreibungen, Müllentsorgung, das ganze Programm. Und das alles mit der Unterstützung der öffentlichen Hand, darunter auch der Polizei. Die Einkünfte aus seinen kriminellen Machenschaften investierte der Clan im Norden, auch in der Provinz Valdenza, wo er mehrere Hotels im Visier gehabt hatte. Unter anderem dank unserer Ermittlungen war die Sache aufgeflogen. Den Strohmännern, die versucht hatten, sich im Namen von eigens gegründeten Gesellschaften als Besitzer eintragen zu lassen, war wegen ihrer Mafiazugehörigkeit die Geschäftsfähigkeit entzogen worden. Der uneingeschränkte Kopf des Clans war Gaetano Surace, den alle nur Gaetano *capa e' fierr*, den Eisenkopf, nannten, weil er tatsächlich einen eisernen Willen hatte. Wenn er sich einmal etwas in den Kopf gesetzt hatte, konnte nichts und niemand ihn davon abbringen. Er war seit Jahren auf der Flucht, auch wir hatten erfolglos nach ihm gesucht.

»Und was sagt dieser Ciro Auriemma über mich?«, fragte ich Sarripoli.

»Er sitzt seit etwa einem Monat im Knast. Man hat ihn in Florenz festgenommen, wo er sich versteckt gehalten hatte. Er kann wohl mit mehrmals lebenslänglich rechnen. Nachdem man die Leiche von Dottor Marco Romoli in dem

Waldstück im Mugello gefunden hatte, hat er um ein Gespräch mit den Beamten der Anti-Mafia-Abteilung gebeten, weil er wichtige Informationen zu diesem Mord habe. Dabei sagte er aus, dass du ihn gedrängt hättest, den Arzt umzubringen, und als Gegenleistung hättest du Investitionen gedeckt, die der Clan in Valdenza tätigen wollte. Er habe das Angebot angenommen, den Auftrag aber nicht erfüllen können, weil er vorher festgenommen wurde.«

»Und die Staatsanwaltschaft hat ihm das abgenommen? Und hoffentlich nach Beweisen für diesen Schwachsinn gesucht?«

»Nach ihren Worten schon. Sie haben ihm geglaubt, weil du gute Gründe gehabt hättest, Romoli umzubringen, aus Eifersucht wegen seiner Beziehung mit deiner Frau. Sie haben herausgefunden, dass du in den digitalen Archiven nach Informationen über Romoli gesucht hast, über seinen Wohnort, seinen Wagen und anderes mehr.«

»Dazu ist es gar nicht gekommen, ich war gerade dabei, als du ins Büro gekommen bist.«

»Aber dein Einloggen ist nicht unbemerkt geblieben.«

»Was haben sie noch?«

»Romoli wurde durch einen Nackenschuss getötet. Das Projektil gehört zu einem Revolver Kaliber 38 Special, und wie es aussieht, hast du eine solche Waffe.«

»Wie hunderttausend andere Personen in Italien auch. Und?«

»Das war's.«

»Das war's? Man will mich nur aufgrund der Aussage eines Stücks Scheiße und mehrfachen Mörders sowie dieser unspezifischen Beweise festnehmen? Sind die verrückt?«

»Du hast recht, Tommaso. Das ist zum Kotzen, anders

kann man es nicht sagen. Fabio meinte, das größte Problem sei, dass dieser Ciro Auriemma schon vorher mit der Justiz zusammengearbeitet und wertvolle Informationen weitergegeben hat. Er hat sogar Morde auf sich genommen, um seinen guten Willen zu beweisen.«

»Und deshalb müssen sie ihm auch jetzt glauben. Sonst wäre er unglaubwürdig, und man müsste auch alle seine anderen Aussagen anzweifeln, weil sie an Wert verloren hätten.«

»Genau. Auch um den Preis, dich zu opfern, ohne Rücksicht darauf, wer du bist und was du in deinem Leben geleistet hast.«

»Das käme ihnen sogar gerade recht. Ich bin die Trophäe, durch die sie sich als Sieger strahlend in Szene setzen können. Mein Name sichert ihnen die Schlagzeilen auf den Titelseiten der Zeitungen. Ich bin ein Glücksgriff, Werbung zum Nulltarif.«

»Ich würde dir gerne widersprechen und sagen, dass du übertreibst, aber ich fürchte, auch dieses Mal hast du recht.«

Automatisch zündete ich mir die Toscano an, die halb geraucht im Zigarrenetui in meiner Lederjacke steckte, und dachte nach. Sarripoli protestierte nicht, auch wenn ich ihm die Luft im Auto verpestete. Er kurbelte lediglich sein Fenster ein wenig herunter. Die eiskalte Luft brachte mich in die Wirklichkeit zurück. Nach ein paar Zügen machte ich die Zigarre wieder aus.

»Entschuldige, Emilio. Ich bin sehr nervös.«

»Kein Problem. Was wirst du machen? Wie kommst du da wieder raus?«

»Ich muss verstehen, warum mich dieser Kerl ruinieren will, schließlich kenne ich ihn nicht einmal. Das ist der Schlüssel. Da steckt etwas anderes dahinter, du wirst sehen.

Und das muss ich herausfinden, sonst komme ich aus diesem Schlamassel nicht raus. Ich brauche ein Auto, morgen besorge ich mir eins.«

»Nimm meins«, sagte er spontan, »von außen wirkt es ziemlich vergammelt, aber der Motor ist tipptopp.«

Ich nahm sein Angebot an, einmal, weil mir nichts anderes übrig blieb, aber auch, weil ich ihn nicht verletzen wollte. Ich wechselte auf den Fahrersitz und brachte ihn nach Hause. Bevor er ausstieg, bat ich ihn, mir seine Handynummer aufzuschreiben.

Während er zum Haus ging, rief ich ihn durchs offene Fenster zurück.

»Ich habe noch eine Frage.«

»Ja?«

»Woher wusstest du, dass ich bei Barbara war?«

»Von Fabio. Man hat dich im Park des Rehabilitationszentrums beobachtet und ihm Bescheid gegeben. Es lag ja auf der Hand, dass du irgendwann dort auftauchen würdest.«

Wie dumm von mir! Natürlich war ich aufgefallen. Ich kam mir vor wie ein Kind, das sich die Augen zuhielt, in der Annahme, dass man es dann nicht sehen würde.

Sarripoli bemerkte mein Unbehagen und legte mir eine Hand auf die Schulter.

»Es wird alles gut, Tommaso.«

»Ja, alles wird gut«, wiederholte ich, aber wirklich überzeugt war ich nicht.

13

In Chiaras kleiner Wohnung war Casabona nicht, nichts deutete darauf hin, dass er hier gewesen sein könnte. Allerdings hatte die Bahnpolizei nach einer intensiven Durchsuchung der Frecciarossa Rom – Mailand das ausgeschaltete Handy gefunden.

Vice Questore Vittorio Bardi wollte Crisanti diese Nachricht unbedingt persönlich überbringen. Umringt von seinen Männern rief er ihn an, an diesem Triumph sollten alle teilhaben.

»Werter Kollege, wir haben hinter einem Feuerlöscher ein ausgeschaltetes Handy gefunden, im Übergang von einem Waggon zum anderen. Es ist auf einen gewissen Tommaso Casabona angemeldet. Natürlich sind wir keine Profis wie ihr, Gott bewahre, wir sind nur einfache Bahnpolizisten, aber wir wagen trotzdem zu behaupten, dass der Gesuchte nicht in diesem Zug unterwegs war. Auf alle Fälle ist er in Mailand nicht ausgestiegen. Vielleicht ist er in Valdenza geblieben, er wusste ja, dass ihr dem Handy folgen würdet. Was meinst du? Ist das eine plausible Hypothese?«

Im Hintergrund war kaum unterdrücktes Gelächter der Bahnpolizisten zu hören. Crisanti antwortete lediglich mit einem gezwungenen »Danke, Kollege« und legte auf.

Die Ermittlungseinheit hatte sich nach ihrer Rückkehr in der Staatsanwaltschaft Florenz getroffen, um Bilanz zu ziehen. Ohne Casabonas Leute, die nur bei der Hausdurchsuchung dabei sein mussten, aber jetzt nicht mehr gebraucht wurden.

Und das war auch gut so, ihr Misstrauen war deutlich spürbar gewesen. Sobald sich die Notwendigkeit ergeben sollte, konnte man sie jederzeit wieder ins Boot holen.

Das Treffen war für 18 Uhr in den Räumen der Anti-Mafia-Abteilung anberaumt, die sich im siebten Stock des Justizpalastes in der Via Guidoni befand, den der Journalist Carlo Alberto Marchi gerne »Gotham City« nennt.

Commissario Crisanti ging schweren Schrittes ins Büro des stellvertretenden Staatsanwalts Pietro Di Felice. Er fühlte sich wie ein Verurteilter auf dem Weg zum Schafott. Sein sonst so ausgeprägtes Selbstbewusstsein als brillanter Beamter mit glänzender Karriere war verflogen, er war müde und demoralisiert. Auf dem Rückweg von Mailand nach Florenz hatte er an seiner Verteidigungsstrategie gearbeitet. Er würde die Schuld den Kollegen von der mobilen Kripo-Einheit in Valdenza zuschieben und, wenn nötig, sogar so weit gehen, sie zu verdächtigen, Casabonas Flucht begünstigt zu haben. Nicht explizit natürlich, denn er hatte keine Beweise. Er würde sich auf die bewährte Formel »Es lässt sich nicht ausschließen, dass ...« zurückziehen. Ein Evergreen, der immer funktionierte, wenn man den eigenen Kopf aus der Schlinge ziehen und die Schuld jemand anderem aufladen wollte. Eine in der öffentlichen Verwaltung weitverbreitete Strategie.

Dottor Pietro Di Felice war kein Mann vieler Worte. Der streng wirkende, weißhaarige Beamte war untersetzt und trug stets ein dunkles Jackett nebst dunkler Krawatte. Er hatte die sechzig bereits überschritten und war überzeugt, dass er inzwischen den Platz an der Spitze der Staatsanwaltschaft verdient hatte. Gerne auch in einer kleinen Provinz, wenn nur dieses unerträgliche Wörtchen neben seiner Unterschrift endlich verschwinden würde: »Stellvertretender«.

Die laufende Ermittlung gab ihm die Gelegenheit, nachdrücklich auf sich aufmerksam zu machen, die letzte Chance auf eine Beförderung in ein Spitzenamt, sein Ass im Ärmel: die Tentakel, die die Camorra in die wohlhabende Toskana ausstreckte, und als Zugabe die Unterstützung wichtiger Vertreter der Ordnungskräfte. Das war starker Tobak. Endlich würde man ihn in Rom nicht mehr übersehen können.

Er saß hinter seinem Mahagoni-Schreibtisch und hörte sich mit unbewegter Miene Crisantis Bericht an. Wie üblich schenkte er seinem Gegenüber einen Blick, den man als angewidert oder verächtlich bezeichnen konnte.

Dann ging er wortlos zum Fenster, von dem aus man auf einen Park blicken konnte, der um diese Uhrzeit fast menschenleer war. Dort blieb er einige Minuten stehen und dachte nach. Niemand wagte es, ihn zu unterbrechen. Und dann, ohne sich umzudrehen, gab er seinen Kommentar zum Geschehen.

»Gut. Es ist nun mal, wie es ist. Wir hatten recht. Mit seiner Flucht hat Casabona seine kriminelle Natur bewiesen. Ein pflichtbewusster Staatsdiener vertraut in einer Situation wie dieser auf den Gang der Dinge, also auf die Staatsanwaltschaft und die Gerichte. Ganz offensichtlich ist das bei ihm nicht der Fall.«

Er drehte sich zu Crisanti um und sah ihn auffordernd an.

»Sie haben recht, ganz genau so ist es«, bekräftigte dieser sofort.

»Gut. Die Pressekonferenz habe ich auf zwölf Uhr angesetzt, die lässt sich nicht verschieben, das Risiko, dass Informationen nach außen dringen, ist zu groß, da auch andere Abteilungen an den Ermittlungen beteiligt sind. Auf geht's, die Presse erwartet uns.«

14

Gegen 21 Uhr kam ich wieder bei Barbara an. Der weiße Punto von Sarripoli lief wie ein Uhrwerk, trotz seines schäbigen Äußeren und der Tatsache, dass man ihn wahrscheinlich innen nicht mehr gereinigt hatte, seitdem er vom Band gerollt war. In jedem Fall besser, als zu Fuß zu gehen.

Ich parkte und klopfte an die Haustür. Als Barbara öffnete, brauchte ich eine Weile, um zu verstehen, dass die gleiche Frau vor mir stand, die ich vor ein paar Stunden verlassen hatte. Sie ließ mich herein und schaute auf die Straße, als ob sie überprüfen wollte, dass mich niemand gesehen hatte.

»Was ist los?«, fragte ich.

»Was los ist? Ach nichts, ich hab nur gerade aus dem Fernsehen erfahren, dass ich heute Nachmittag mit einem Mörder im Bett war. Eine Lappalie, nicht der Rede wert.«

Was irgendwann passieren musste, war passiert. Sie hatten meine Flucht und die Anschuldigungen gegen mich öffentlich gemacht. Damit hatte ich gerechnet, deshalb war ich nicht allzu überrascht. Ich verstand auch, dass Barbara nicht gerade begeistert war, aber ich war überzeugt, das noch zurechtbiegen zu können.

»Entschuldige, ich hätte es dir sagen sollen. Aber ich bin kein Mörder. Ich habe nichts gemacht, ich bin in eine Sache verwickelt worden und muss noch rausfinden, was genau dahintersteckt, damit ich mich verteidigen kann.«

Sie musterte mich kühl.

»Das interessiert mich nicht.«

»Das interessiert dich nicht?«

»Ich will mit deinen Machenschaften nichts zu tun haben, Tommaso. Meine eigenen Probleme reichen mir. Ich dachte, du könntest mir helfen, meinem Leben wieder einen Sinn zu geben, aber wie es aussieht, ist das nicht der Fall. Ich habe noch nie Glück mit Männern gehabt.«

Sie schaute umher und hielt Abstand, als ob sie Angst vor mir hätte. Ich ging näher heran.

»Barbara, schau mich an. Ich bin es. Ich bin kein Mörder. Ich werde beweisen, dass alle Anschuldigungen gegen mich falsch sind. Du musst mir glauben.«

Ich wollte überzeugend wirken, erreichte aber genau das Gegenteil.

»Komm nicht näher. Bleib, wo du bist.«

Ihr Verhalten überraschte und verletzte mich. Damit hatte ich nicht gerechnet.

»Du hast Angst vor mir?«, fragte ich und ließ sie meine Enttäuschung deutlich spüren.

Aber das änderte nichts an ihrem Verhalten.

»Ich will, dass du gehst, auf der Stelle.«

»Barbara, ich brauche deine Hilfe, jedenfalls heute Nacht. Ich weiß nicht, wo ich sonst hingehen soll. Ich bin unschuldig. Glaub du mir wenigstens«, flehte ich.

»Warum tust du mir das an?«, fragte sie mit Tränen in den Augen.

Erst jetzt wurde mir klar, dass sie mir gar nicht zuhörte. Seitdem sie den Bericht im Fernsehen gesehen hatte, hatte sie sich entschieden. In ihren Augen war ich nicht mehr der brillante und faszinierende Kommissar, ich war ein Problem, das sie so schnell wie möglich loswerden wollte. Völlig egal, ob ich unschuldig oder schuldig war. Ich war ein Problem, und sie wollte keine Probleme.

»Keine Kohle, kein Amore« war ein gängiger Spruch der Lapdance-Tänzerinnen aus dem Osten, wenn sie die Typen abschoben, die geglaubt hatten, sie hätten die große Liebe gefunden, und dann ihre Familie verlassen und sich finanziell ruiniert hatten. Ich war zwar nicht in der gleichen Situation, aber es fühlte sich sehr ähnlich an.

Es ist leicht, sich ewige Liebe zu schwören, wenn alles rundläuft und es nur Gewinner gibt. Aber das war keine Liebe. Das war ein plumper Abklatsch. Eine schäbige Kopie. Die wahre Liebe ist Hingabe, Leidenschaft. Alles wird geteilt, Blut und Tränen, Freud und Leid, gut und schlecht, Ketten und Freiheit.

Mein Gesicht spiegelte sich in ihren Augen, ich sah einen naiven und verwirrten Mann, der nur Mitleid verdiente.

Wortlos drehte ich mich um und ging.

Als ich mich ins Auto setzte, dachte ich an Francesca. In Momenten wie diesen fehlte sie mir besonders. Sie hätte mich niemals im Stich gelassen. Sie hätte mich beschimpft und mir Vorwürfe gemacht, aber danach hätte sie gesagt: »Gut, sehen wir zu, dass wir dich da wieder rausholen.« Genau so hätte sie reagiert, denn so war sie. Aber jetzt war sie nicht an meiner Seite, und in Anbetracht dessen, was man mir vorwarf, konnte ich nicht auf ihr Verständnis hoffen. Ich musste mich selbst aus dem Sumpf ziehen, und dafür musste ich an die Front. Zu den Anfängen, dorthin, wo man mir noch einige Gefallen schuldete.

DIE RÜCKKEHR

15

Neapel, Restaurant auf dem Hügel von Posillipo

Ich musste mich nicht umdrehen, um die Ankunft des Bosses zu bemerken. In der Scheibe sah ich das Spiegelbild der beiden Leibwächter, die sich aufmerksam umschauten. Sie erkannten mich sofort, zum einen war ich schon von Weitem als Polizist zu erkennen, und zum anderen hatten sie einen siebten Sinn für Ordnungshüter.

Sie nickten in Richtung der Eingangstür, dann betrat er das Lokal. Er sah mich an und gab seinen Begleitern zu verstehen, dass alles in Ordnung war. Der Maître erkannte ihn und kam ihm entgegen, um ihn an einen reservierten Tisch in der Ecke des Raumes zu bringen.

Der Tisch war nur für ihn gedeckt. Er zog den Mantel aus und hängte ihn über einen der vier Stühle. Mein Informant hatte recht, offenbar aß der Boss jeden Abend hier.

Ich setzte mich wieder an meinen Tisch, der ganz in der Nähe des seinen stand. Ich hatte bereits eine Pizza gegessen und wartete noch auf das Stück Pastiera und den Rum, die ich bestellt hatte.

Wir musterten einander. Dann bestellte er Meerbrasse auf neapolitanische Art. Anschließend stand er auf und ging zu den Toiletten. Ich wartete einen Moment und folgte ihm dann.

Man sprach nicht vor den anderen. Das hatte weniger mit

mir zu tun als mit ihm. Ein Mitglied der Camorra hatte zu den Ordnungskräften Distanz zu wahren. Jedenfalls, wenn sie nicht auf der Gehaltsliste standen. Man konnte verdächtigt werden, ein Spion oder ein Informant zu sein. Und das konnte im geeigneten Moment von Feinden ausgenutzt und zum Unterschied zwischen Leben und Tod werden.

Don Vincenzo Altieri kannte die Regeln sehr gut, immerhin war er bereits um die sechzig und hatte diverse Camorra-Kriege überlebt, angefangen mit der Fehde zwischen der *Nouva Camorra Organizzata* unter Raffaele Cutolo und der *Nuova Famiglia*. Er hatte zwar überlebt, war aber mehrere Male angeschossen worden und hatte seinen fünfundzwanzigjährigen Sohn verloren. Ein Killer eines gegnerischen Clans hatte ihn exekutiert, als er mit seiner Verlobten im Auto saß, die wiederum auf wundersame Weise fliehen konnte.

Bei dieser Gelegenheit war diese merkwürdige Verbindung zwischen uns entstanden, die man mit einem einzigen Wort charakterisieren kann: Respekt.

Wer auf der Straße lebt, für den ist Respekt unabdingbar. Man tötet, und man wird getötet, um sich Respekt zu verschaffen. Man macht Geld, zieht sich gut an, fährt luxuriöse Autos, speist in exklusiven Restaurants, nicht, um seinen Reichtum zu zeigen, sondern um sich größeren Respekt zu verschaffen. Man schmückt sich mit schönen Frauen, zeigt sich mit wichtigen Leuten und trägt teure Uhren, um sich Respekt zu verschaffen. Respekt ist die Apotheose der Form über die Substanz. Die Kleidung der Macht. Respekt ist das Einzige, was wirklich zählt, Grundbedingung für alles andere. Wenn man dich nicht respektiert, bist du niemand. Du bist wertlos, egal, ob lebendig oder tot.

Der Respekt war für die Akteure auf meiner Seite nicht

zwingend mit Grausamkeit und Gewalt verbunden, wie es in der Welt der anderen üblich ist. Wir verdienen uns den Respekt, indem wir uns an die Regeln halten, keine schmutzigen Spielchen spielen, neutral sind, unseren Status nicht missbrauchen. Wir können hart zuschlagen, das ist nicht das Problem, aber nicht unter die Gürtellinie.

Wie oft habe ich mich sagen hören: »Ihr macht eure Arbeit, und wir machen unsere.« Trotz allem wurde die Autorität des Staates nie in Frage gestellt. Die Camorristi nahmen sich nicht als Gegner des Staates wahr, sondern als außerhalb des Staates. Wenn sie in die Fänge der Justiz gerieten und sich dem Gesetz beugen mussten, fanden sie sich damit ab. Das Gefängnis war ein Arbeitsunfall, ein Berufsrisiko. Das passte schon.

Es war ein Abend im August, den Wochentag weiß ich nicht mehr. Ich weiß nur noch, dass es sehr, sehr heiß war. Noch dazu schwül, man bekam kaum Luft, und die Kleider klebten einem am Körper. Die beiden jungen Leute hatten ihr Auto an einem abgeschiedenen Aussichtspunkt in der Nähe des Averna-Sees geparkt. Sie waren essen gewesen, um den ersten Jahrestag ihrer Verlobung zu feiern. Sie hatten die Fenster offen, waren aber so sehr mit sich beschäftigt gewesen, dass sie das Motorrad nicht kommen gehört hatten. Der Beifahrer war abgestiegen, zur Fahrerseite gegangen und hatte dem jungen Mann mit einer Halbautomatik dreimal in die Brust geschossen. Die Patronenhülsen wurden im Innenraum des Wagens gefunden, die Projektile mussten aus nächster Nähe abgefeuert worden sein. Das Opfer erstickte an seinem Blut und an Erbrochenem. Den Kopf auf den Schoß seiner Geliebten gebettet, übergab er seine Seele dem Herrn. Als man ihn fand, lag noch immer ein Staunen auf seinem Gesicht, wie meistens, wenn ein junger Mensch dem Tod ins Auge sieht.

Er hatte nichts getan, wofür er den Tod verdient gehabt hätte. Sein Vater hatte versucht, ihn aus seiner Welt herauszuhalten, er sollte ein anderes Leben haben. Studium im Norden, eine Freundin aus guter Familie. Aber das Schicksal hatte die Fakten an diesem Abend wieder zurechtgerückt. Es war gekommen, wie es kommen musste.

Nach Untersuchungen durch die Spurensicherung wurde der Leichnam in die Pathologie gebracht, wo er obduziert werden sollte. Der Vater, die Familie und andere Clanmitglieder kamen. Die Frauen weinten und schrien ihren Schmerz heraus wie waidwunde Tiere. Die Männer standen abseits, ballten die Fäuste und bissen sich vor Wut auf die Lippen.

Auch heute kann ich mich nicht erinnern, Don Vincenzo Altieri, den Vater des Jungen, irgendwie besonders behandelt zu haben. Für mich war er ein Mensch, alles andere spielte keine Rolle. Er war Vater wie ich, und diese Tatsache stand über allem. Wir waren nicht der Bulle und der Kriminelle, nicht Gut und Böse. In diesem Korridor mit weiß gestrichenen Wänden und Neonleuchten an der Decke standen wir einem Vater gegenüber, der seinen Sohn verloren hatte, das Schlimmste, was das Leben zu bieten hat. Der tiefste Schmerz.

Er fragte mich, ob er ihn küssen dürfe, bevor die Leichenstarre vollständig einsetzte. Er wollte die Erinnerung an seine Wärme behalten. Ich bejahte und brachte ihn persönlich zu seinem Sohn. Und übernahm die Verantwortung dafür. Nicht mehr und nicht weniger.

Er verharrte in stillem Gebet vor dem Leichnam, nach fünf

Minuten löste er sich von ihm. Er schüttelte mir die Hand und sagte: »Danke.« Mehr nicht. Dann ging er, gefolgt von den anderen.

Ich ging in den Waschraum. Er wartete schon auf mich. Vor der Tür hatte sich ein Leibwächter positioniert. Ein Typ mit einer Narbe im Gesicht, die vom Kinn bis unter das rechte Auge reichte. Allein sein Anblick machte Angst. Niemand würde die Toiletten betreten und uns stören, da konnte ich sicher sein.

»Dottor Casabona, Sie waren schon seit Jahren nicht mehr hier. Wie geht es Ihnen?«, fragte er freundlich, eine Fassade, die typisch für ihn war.

»Gut, Don Vincenzo. Und Ihnen?«

»Ich kann mich nicht beklagen. Ein paar Wehwehchen hier und da, aber das ist das Alter. Immerhin werde ich bald siebzig.«

»Das sieht man Ihnen gar nicht an«, sagte ich aufrichtig. Trotz seines turbulenten Lebens war er immer noch gut in Form, stolz und elegant wie eh und je. Seine Haare und der Bart waren weiß, seine lebhaften blauen Augen blitzten. Er hinkte leicht, aber das war eher die Folge einer Pistolenkugel als eine Alterserscheinung.

»Ich danke Ihnen, Commissario, das ist sehr freundlich. Was kann ich für Sie tun? Oder sind Sie nur zufällig hier?«

»Man sucht nach mir, Don Vincenzo. Man will mich festnehmen, weil ich des Mordes an einem Arzt in der Toskana verdächtigt werde.«

Der Boss war wie ein Eisblock, er zuckte nicht mit der Wimper.

»Und wer hat Ihnen das eingebrockt? Sie sind nicht der Typ, der einfach so Leute umbringt. Wer steckt dahinter?«

»Ein gewisser Ciro Auriemma. Man sagt, er gehöre zur Familie, zum Settimio-Clan.«

Er drehte sich zum Waschbecken und begann, sich die Hände zu waschen, dabei betrachtete er mich durch den Spiegel.

»Und weiter?«, fragte er ungerührt.

»Mehr weiß ich nicht. Ich möchte verstehen, was dahintersteckt.«

Er griff nach den Papierhandtüchern.

»Ich werde sehen, was ich tun kann. Brauchen Sie ein Versteck?«

»Vielen Dank, ich möchte Sie nicht in Schwierigkeiten bringen. Ich habe schon eine Unterkunft.«

Er nickte.

»Geben Sie mir ein bisschen Zeit, ich werde mich umhören.«

»Ich geben Ihnen meine Handynummer …«

Er winkte ab.

»Machen Sie sich darüber keine Gedanken, wenn ich Sie sprechen möchte, werde ich mich melden. Passen Sie gut auf sich auf, das Böse lauert überall, Sie sind in Gefahr. Als Mordverdächtiger sind Sie nicht mehr Polizist, sondern gehören zur anderen Seite. Das Gesetz schützt Sie nicht mehr. Das ist mein voller Ernst, Sie wissen, wie sehr ich Sie respektiere.«

»Ich danke Ihnen, Don Vincenzo.«

Er hatte recht. Auch wenn ich Mühe hatte, es mir einzugestehen, in diesem Moment war ich einer von ihnen geworden.

16

Die mobile Kripo-Einheit von Valdenza befand sich in einer äußerst unangenehmen Situation. Offiziell war sie an den Ermittlungen beteiligt, aber in Wirklichkeit ließ man sie außen vor, die Akten blieben in Florenz. Die einzige offizielle Information, die ihr vorlag, war eine Kopie des Haftbefehls der Staatsanwaltschaft Valdenza gegen ihren Chef. Casabonas Leute wussten, dass ihre Kollegen aus Florenz sie für unzuverlässig hielten, aber sie wussten auch, dass sie etwas tun mussten, um nicht der Unterlassung bezichtigt zu werden, was nicht nur disziplinarische, sondern auch strafrechtliche Folgen haben konnte. Immerhin hatten sie ihn im Haus der Ehefrau am Meer gesucht und diese auch befragt, aber sie konnten nicht einfach den weiteren Fortgang der Ermittlungen abwarten. Sie mussten aktiv werden, zumal ihnen Crisanti im Nacken saß. Deshalb entschlossen sie sich, die Wohnung von Barbara Melani zu durchsuchen. Sie taten einfach so, als hätten sie erst jetzt von ihrer Beziehung zu Casabona erfahren.

Vor Ort waren Ispettore Proietti, Sovrintendente Bini, Ciotolo und, da es sich bei der Betroffenen um eine Frau handelte, auch Sovrintendente Michela Paolozzi.

Sie kamen morgens gegen halb acht, eine »freundliche« Uhrzeit für eine Hausdurchsuchung, üblich war eher gegen sechs. Um diese Zeit hatten sie sich im Büro getroffen, Akten gesucht, Kopien gemacht, die Autos vorbereitet und anschließend einen

Cappuccino und ein Cornetto gefrühstückt. Das alles hatte eine Weile gedauert, deshalb die Verspätung.

Sie parkten die Autos, gingen zum Hoftor und klingelten, als wären sie der Briefträger mit einem Einschreiben.

Barbara Melani machte sich gerade fertig, um zur Arbeit zu gehen. Sie steckte nur den Kopf aus der Tür.

»Wir sind von der Polizei. Wir müssen mit Ihnen sprechen. Dürfen wir reinkommen?«, fragte Proietti.

»Geben Sie mir einen Moment, ich ziehe mir etwas über.«

»Natürlich, aber bitte beeilen Sie sich.«

Die vier Polizisten gaben nicht gerade ein gutes Bild ab. Wenn man sie gefilmt und die Aufnahmen in der Polizeiausbildung gezeigt hätte, wären sie ein gutes Beispiel dafür gewesen, wie man es nicht machen, welche Fehler man bei einer Hausdurchsuchung vermeiden sollte. Von der Uhrzeit einmal abgesehen, stand niemand am Hinterausgang, sie waren nicht direkt an die Haustür gegangen, um sofort die Wohnung betreten zu können, sie hatten der Bewohnerin Zeit eingeräumt. Aber an diesem Morgen, und nur an diesem Morgen, war die Einsatztruppe auf diese Weise unterwegs.

Barbara Melani tauchte nach einigen Minuten in Jeans und einem bordeauxroten Pullover wieder auf. Sie ging ihnen entgegen, öffnete das Hoftor und brachte sie in die Wohnung.

Proietti setzte sich und legte den Beschluss auf den Tisch. Er wollte gerade beginnen, den Grund ihres Besuches darzulegen, aber dazu kam er nicht. Barbara Melani ließ ihm keine Zeit dazu.

»Er war vor einigen Tagen hier. Als ich nach der Frühschicht zurückkam, saß er draußen im Korbstuhl und wartete auf mich. Ich habe ihn hereingebeten, und wir haben den Nachmittag miteinander verbracht.«

Proietti nickte. »Fahren Sie fort.«

»Ich wusste nicht, dass er gesucht wird, glauben Sie mir. Ich habe es erst abends in den Nachrichten erfahren«, sie bemühte sich, so überzeugend wie möglich zu klingen.

»Und wie hat er reagiert, als er die Sendung gesehen hat?«

»Er war nicht da. Er ist gegen sieben gegangen und erst zwei Stunden später wiedergekommen. Er hatte gesagt, er würde sich mit einem Freund treffen.«

»Und dann?«

»Als er gegen neun zurückkam, habe ich ihn gebeten zu gehen. Ich habe ihm gesagt, dass ich keine Schwierigkeiten möchte, und ihm geraten, sich zu stellen. Sonst ist er mittwochs immer über Nacht geblieben, denn ich habe am nächsten Morgen frei.«

Ciondolo wechselte einen vielsagenden Blick mit Michela Paolozzi, die neben der Tür stehen geblieben war, und murmelte: »Ah, die Liebe.« Seine Kollegin boxte ihn in die Seite, um ihn zum Schweigen zu bringen. »Idiot.«

Zum Glück sagte Barbara Melani: »Ich bin nicht früher zu Ihnen gekommen, weil ich mit der ganzen Sache nichts zu tun haben will. Ich habe gerade erst eine komplizierte Beziehung hinter mir und wollte nicht schon wieder in Schwierigkeiten kommen.« Und beantwortete damit eine Frage, die sich die Beamten von sich aus nicht zu stellen gewagt hätten.

Proietti beruhigte sie: »Machen Sie sich keine Sorgen, wir verstehen das. Wir müssen trotzdem einen Blick in Ihre Wohnung werfen, anschließend begleiten Sie uns bitte aufs Kommissariat.«

Der zweite Halbsatz sorgte für Irritation.

»Aber ich muss zur Arbeit.«

»Es handelt sich um eine reine Formalität, Sie müssen das

Durchsuchungsprotokoll und ein Gesprächsprotokoll unterschreiben. Das dauert nicht lange. Eine Frage habe ich allerdings noch.«

»Ja?«

»Hat er Ihnen zufällig gesagt, wohin er gegangen ist?«

»Er hat nur gesagt, dass er einen Freund trifft und nicht mit mir zu Abend isst. Bevor er gegangen ist, habe ich gehört, wie er im Bad mit jemandem telefoniert hat. Vielleicht mit einem Kollegen? Es ging um Zuständigkeiten oder so was. Mehr kann ich Ihnen nicht sagen.«

»Gut, Signora Melani, dann sind wir hier fertig.«

Ispettore Proietti ging zur Tür.

»Vielleicht hilft Ihnen das weiter«, ergänzte sie, »ich habe beobachtet, wie er in ein weißes Auto gestiegen ist, offensichtlich hatte er den Schlüssel in der Tasche.«

Proietti und die anderen schauten sie an.

»Können Sie sich an das Nummernschild erinnern? Oder an Teile davon? Denken Sie bitte nach.«

Während sie überlegte, stieg die Nervosität der Polizisten. Alle wussten, wem das Auto gehörte, aber sie hätten es niemals laut ausgesprochen, nicht mal Ciondolo, der Sarripoli nicht ausstehen konnte. Niemand wollte den Besitzer des Autos in Schwierigkeiten bringen und die Flucht Casabonas behindern. Wenn sie allerdings das Nummernschild erkannt hätte, wären sie verpflichtet, in dieser Richtung zu ermitteln.

»Nein. Ich konnte leider nichts erkennen, es war zu dunkel. Ich weiß nur noch, dass das Auto weiß war ... ein Kleinwagen. Vielleicht ein Punto. Aber mehr kann ich Ihnen nicht sagen.«

Die Beamten seufzten erleichtert auf.

»Nicht so wichtig, Signora, trotzdem vielen Dank, das war ein wertvoller Hinweis«, sagte Proietti.

17

In Neapel kam ich bei einem ehemaligen Kollegen unter, Ispettore Giovanni Luongo. Wir hatten zusammengearbeitet, als ich noch hier war. Mittlerweile war er seit einigen Jahren im Ruhestand, deshalb hatte ich auch kein schlechtes Gewissen. Da er kein Polizeibeamter mehr war, konnte er auch nicht wegen Unterlassung im Dienst belangt werden. Klar, es war und blieb Begünstigung, aber er war nicht der Typ, der sich deswegen Sorgen machte.

Sein selbstsicheres Auftreten verlieh ihm die Aura eines verarmten Aristokraten. Er blieb immer ruhig, auch in den kompliziertesten Situationen, egal, ob privat oder im Dienst. Er nannte jeden »Kollege«, nicht nur die Polizisten in seiner Dienststelle, sondern auch den Mann hinter der Theke, den Parkwächter, Personen, die Anzeige erstatteten, und sogar Verdächtige. Er war der festen Überzeugung, dass alle Menschen trotz ihrer Individualität irgendwie miteinander verbunden waren. Sie waren Kollegen: als Polizisten, als Neapolitaner, als Arbeiter, und, in letzter Konsequenz, als Menschen. Nicht nur deshalb wusste ich, dass ich mich auf ihn verlassen konnte.

Giovanni lebte in einer Wohnung nahe des »Fenestella« in Marechiaro, einem der romantischsten Viertel Neapels. Nach dem Tod der Mutter und der Hochzeit seiner Schwester bewohnte er sie allein. Auch deshalb war er froh, mich als Gast zu haben.

Ich konnte acht Stunden am Stück schlafen, ich fühlte mich sicher.

Am nächsten Morgen wurde ich von dem Geräusch eines Schlüssels im Schloss geweckt. Giovanni kam von seiner morgendlichen Runde durch das Viertel zurück. Er hatte beim Fischhändler Schwertmuscheln und beim Bäcker Brot und Gebäck gekauft.

Ich stand auf und ging zu ihm in die Küche.

»Guten Morgen, Dottore. Gut geschlafen?«

»Prächtig, Giovanni, vielen Dank.«

»Wofür? Es freut mich, dass Sie da sind. Ich bin immer allein, ein bisschen Gesellschaft tut mir gut. Und ich habe Sie immer geschätzt, das wissen Sie. Ich setze Kaffee auf, und dann genießen wir diese köstlichen Sfogliatelle«, sagte er und öffnete die Pappschachtel, die er auf den Tisch gestellt hatte. Ein unverwechselbarer Duft nach Zimt, Vanille und Orangenblüten breitete sich im Raum aus. Dann fügte er mit seiner tiefen, rauchigen Soulsängerstimme hinzu: »Ich darf sie eigentlich nicht essen. Mit dem Alter habe ich einen Diabetes entwickelt. Aber wie sagt man so schön in Fällen wie diesen? *Ma che me ne fott'*, was kümmert's mich? An irgendwas muss man ja sterben.«

Wie lange schon hatte ich diesen Satz *Ma che me ne fott'* nicht mehr gehört? Im ersten Moment klang er wie der Ausdruck von Desinteresse und fehlendem Verantwortungsbewusstsein, vor allem für jemanden, der nicht aus Neapel kam. Aber in Wahrheit handelte es sich um einen Grundpfeiler der neapolitanischen Lebensphilosophie und Weisheit. Die fundamentalste und nobelste Reaktion, die man gegenüber dem Unvermeidlichen haben konnte. Es war kein Aufgeben, sondern die Neubewertung eines schier unüberwindbaren Problems, um damit leben zu können, ohne davon erdrückt zu werden.

Wenn alle in Stresssituationen, in Konflikten oder bei Anspannung diesen Satz beherzigen und loslassen würden, wären viele Dramen vermeidbar.

Als der Kaffee fertig war, den er natürlich in einer Moka zubereitet hatte, setzten wir uns an den Tisch.

»Wie stehen die Dinge hier?«, fragte ich.

Giovanni fasste die aktuellen Entwicklungen bezüglich der Kriminalität in Neapel für mich zusammen.

»Es ist, wie es eben ist, mein lieber Dottore. Die übliche Misere, was die Polizeiarbeit angeht, vielleicht ist es sogar schlimmer geworden. Ich bin schon eine Weile nicht mehr dabei, aber hin und wieder gehe ich zu den Kollegen ins Büro und wir plaudern ein bisschen. Die Stadt versucht, sich neu zu erfinden, aber das Problem sind die Vorstädte. In Scampia und Secondigliano gibt es immer wieder Clan-Kriege mit Dutzenden von Toten, wobei man diese Kriege in drei Blöcke zusammenfasst: die erste, die zweite und die dritte Fehde von Scampia. Aber auch in Forcella, in Sanità und anderen Vierteln gibt es immer wieder Schießereien. Zu viele *Muccusielli* laufen mit Waffen herum. Sie haben ihre eigenen Fehden, hin und wieder jedoch gerät ein Unschuldiger zwischen die Fronten. Aber ehrlich gesagt, im Vergleich zu früher, zu unseren Zeiten, hat sich die Situation verbessert. Die Innenstadt, die Via Caracciolo bis zum Hafen, das haben wir im Griff. Dort sieht man nur die schönen Dinge, die Touristen kommen wieder. Sie haben verstanden, dass es sich lohnt, die Stadt zu besuchen.«

An der Art, wie er erzählte, konnte man erkennen, wie eng er mit Neapel verbunden war. Diese Mischung aus Wut und Liebe, wie sie die meisten aufrichtigen Neapolitaner in ihren Herzen trugen, die sich oft damit konfrontiert sahen, dass eine Handvoll Krimineller, die einfach keine Ruhe gaben, immer wieder tiefe Wunden aufrissen.

»Was haben Sie vor? Ich möchte mich nicht aufdrängen, Gott bewahre. Ich muss nur planen können, ich habe ganz frische Muscheln gekauft und möchte Linguine zu Mittag machen. Ist das in Ordnung?«

»Ich liebe Muscheln, Giovanni. Machen Sie nur, ich habe nichts vor. Ich muss nur auf ein paar Informationen warten.«

»Da können Sie beruhigt sein. Altieri ist von der alten Garde, er ist gewiss kein Heiliger, aber innerhalb der Scheiße gehört er zu denen, die weniger stinken. Er denkt noch in den alten Kategorien: Wenn man eine Situation ohne Blutvergießen bereinigen kann, dann ist das für alle Parteien besser. Er hat versucht, sich weitestmöglich aus den Kriegen herauszuhalten. Vor allem, nachdem sie seinen Sohn umgebracht haben. Wenn man ihm den Frieden anbietet, dann schlägt er ein. Es ärgert ihn, aber er wählt immer den klügsten Weg.«

»Und was kannst du mir über die Settimios sagen?«

»Die sind eine Nummer größer, Dottore. Gewinnertypen. Sie haben ihr Geld mit Immobilien und Müllentsorgung gemacht. Sie machen sich nicht mehr die Hände mit Drogendeals schmutzig, für sie kommen nur die ganz großen Sachen in Frage. Sie haben sich mit den Kalabresen zusammengetan und pflegen direkte Kontakte mit den Brokern in Südamerika. Das Geld investieren sie im Norden. Sie kaufen dort alles, was zu haben ist: Hotels, Restaurants, Supermarktketten, Spielhallen. Dazu nutzen sie von Strohmännern geführte Gesellschaften. Hin und wieder geht etwas schief, aber das fällt nicht groß ins Gewicht. Gaetano *capa e' fierr* ist schon seit mehr als zwanzig Jahren auf der Flucht, aber er hat seinen Laden trotzdem im Griff.«

An Gaetano Surace konnte ich mich gut erinnern. Sein Foto hatte an der Korkpinnwand in meinem Büro in Neapel gehangen, und ich hatte es täglich angeschaut. Ich wollte mir seine Gesichtszüge einprägen, auch wenn das Bild schon älter war. Man hatte eine Ermittlungseinheit gebildet, die sich nur mit der Suche nach ihm beschäftigte.

Seine ganze Familie stand seit Jahren unter Beobachtung, ihre Telefone wurden abgehört, man hatte Männer vor ihren Häusern postiert. Einmal hätten wir ihn fast zu fassen bekommen, daran erinnere ich mich gut. Er musste an einem Clan-Treffen in einer Masseria im Norden Neapels teilnehmen. Wir hatten das Gebiet mit einem Großaufgebot der Polizei abgeriegelt, sogar ein Helikopter und Fallschirmspringer waren im Einsatz. Aber er war nicht aufgetaucht. Im letzten Moment hatte er einen Hinweis bekommen und seinen engsten Vertrauten geschickt.

Während die Erinnerungen an Gaetano *capa e' fierr* vor meinem inneren Auge auftauchten, präsisierte sich die Frage, die mich seit Tagen umtrieb: »Warum will einer seiner besten Killer mir Ärger machen?«

18

In den letzten Tagen hatte ich kaum etwas gegessen. Entweder war ich im Stress gewesen, oder es hatte sich einfach nicht ergeben. Zum Glück versöhnten mich Giovannis Linguine mit Muscheln wieder mit den Freuden des Essens. Ich hatte noch nie verstanden, durch welche seltsame Magie sich der Geschmack der Fische verstärkte, wenn sie in unmittelbarer Nähe zum Meer zubereitet wurden, so, als ob man jedem Gericht eine unsichtbare und geheime Zutat hinzufügte, die den Geschmack unterstrich.

Nach dem Mittagessen zog sich mein Freund in sein Zimmer zurück.

»Sie erlauben, dass ich mich ein halbes Stündchen hinlege?«

Wie hätte ich Nein sagen können? Das Schläfchen nach dem Essen gehörte zu seinem Ritual als Pensionär, seine Tage folgten einem festen Rhythmus. Außerdem war er Frühaufsteher, und das Ausruhen in der Mitte des Tages sorgte dafür, dass er bis spätabends fit war und seiner Leidenschaft frönen konnte: dem Glücksspiel.

Das Spielen war Fluch und Segen zugleich, ein Dämon, gegen den er sein ganzes Leben schon gekämpft hatte. Ich hatte es immer gewusst, ihn aber nie damit konfrontiert, zumal es seine Arbeit nie beeinträchtigt hatte. Ich war immer sehr zufrieden mit ihm gewesen. Den Preis für sein Laster zahlte er in seinem Privatleben, eine richtige Familie hatte er nie gehabt, und obwohl er gut verdient hatte, lebte er immer noch zur Miete, Ersparnisse hatte er keine. Aber ihm gefiel es so. Warum sollte ich ihm vorwerfen, etwas falsch zu machen? Das stand mir nicht zu. Wie sah das richtige Leben aus, das man zu leben hatte? Ich hatte genug Zweifel, was mein eigenes Leben anging, wie käme ich also dazu, anderen vorzuschreiben, was richtig und was falsch war? Gerade jetzt war sicher nicht der richtige Zeitpunkt dafür.

Giovanni Luongo legte sich schlafen, ich bewunderte in der Zeit die Aussicht. Ich stand auf dem Balkon und zündete mir eine Toscano an. Dabei wurde mir klar, warum Giovanni zwanzig Jahre lang Krieg gegen den Eigentümer geführt und gewonnen hatte, um sich nicht aus der Wohnung vertreiben zu lassen. Der Blick über den Golf von Neapel und die salzige Meeresbrise waren wirklich atemberaubend.

Unter mir, etwa zehn Meter weiter rechts, lag das legendäre »Fenestella di Marechiaro«, das kleine Fenster, das den neapolitanischen Dichter und Schriftsteller Salvatore Di Giacomo zu einem der berühmtesten neapolitanischen Lieder inspiriert hatte: *Marechiare.* Man sah die Nelken auf dem Fenstersims und die Gedenktafel aus weißem Marmor, auf der der Text und der Name des Künstlers eingraviert waren.

Einige Passagen kamen mir in den Sinn, mit deren Hilfe ich um die Gunst einer Frau geworben hatte, die sich sehr geziert hatte. Und wahrscheinlich war ich damit nicht der Einzige:

»Wer sagt, dass die Sterne strahlen,
hat noch nie deine Augen gesehen!
Diese beiden Sterne kenne nur ich,
denn ihre Spitzen stechen in mein Herz.«

Ich rauchte zu Ende und ging zurück in die Wohnung. Nach einigen Minuten klopfte es. Ich wartete, dass Giovanni öffnete.

Ich hörte, wie sich die Tür öffnete und nach einer Weile wieder schloss. Dann kam Giovanni zu mir und reichte mir einen Umschlag. Er wirkte ungläubig und besorgt zugleich.

»Draußen war niemand, aber man hat diesen Umschlag dort abgelegt. Er ist an dich adressiert.«

Es handelte sich um einen handelsüblichen weißen Umschlag, der »zu Hd. Dottore Casabona« adressiert war. Darin befand sich ein Zettel, auf dem mit unsicherer Handschrift in schwarzer Tinte geschrieben stand: »Morgen um 11 auf dem Cimitero delle Fontanelle«.

19

Der Friedhof Fontanelle lag im Herzen des Rione Sanità, einem der ältesten Viertel Neapels. Seit der Pest von 1656 waren hier die sterblichen Überreste von Abertausenden vergraben worden. Man hatte den Friedhof direkt in den Tuffstein des Materdei-Hügels gegraben, das Höhlensystem bestand aus drei hohen Hallen, wie bei einem mehrschiffigen Kirchengebäude. An den Seiten jeder »Navata« genannten Halle waren Schädel, Schienbeine und Oberschenkelknochen aufgeschichtet wie in einem Lager. In der Navata der Priester lagen die Gebeine aus Kirchen- und Klosterfriedhöfen. Die Navata der »Aussätzigen« beherbergte die Knochen der Toten aus den Pestepidemien. Die Navata der Bettler diente als Massengrab für Tote aus den Armenvierteln, die sich eine würdige Beerdigung nicht leisten konnten.

Ich war pünktlich. Don Vincenzo Altieri wartete in der Navata der Priester auf mich, dem »Tribunal«. Gerüchten zufolge trat hier die *Bella Società Riformata* zusammen, die Camorra des 19. Jahrhunderts, hier kam es zu Blutschwüren und Todesurteilen.

Er trug einen dunkelblauen Kaschmirmantel und hatte einen weißen Schal um den Hals geschlungen, hier war es kalt und feucht. Er schien in ein Gebet vor den drei hohen Kreuzen vertieft zu sein, die man auf den Schädelhaufen errichtet hatte.

Ich stellte mich wortlos neben ihn.

Irgendwann bemerkte er mich und sagte: »Ach, Sie sind schon da?«

»Ich wollte Ihr Gebet nicht stören.«

»Welches Gebet? Sie irren sich, lieber Dottore, ich habe nicht gebetet, ich habe geflucht.« Er schenkte mir ein sarkastisches Lächeln. »Heute wäre Antonios fünfunddreißigster Geburtstag. Er wäre ein guter Arzt geworden, hätte Leben gerettet, wäre mit Adelina verheiratet und hätte mir prächtige Enkel geschenkt. Wer weiß, vielleicht hätte sogar einer von ihnen meinen Namen getragen, Vincenzo Altieri. Aber es sollte nicht sein. Antonio ist nur noch Staub, er rettet keine Leben. Seine Verlobte hat einen anderen geheiratet, und das war gut so. Und ich werde einsam und alleine sterben, ohne irgendetwas auf der Erde zurückzulassen. Wie ein vertrockneter Baum, der keine Früchte trägt, nur nützlich für die Hunde, die an ihn pinkeln, oder um Feuerholz aus ihm zu machen. Und das alles nur, weil jemand an diesem Abend seinem Chef zeigen wollte, dass er Eier hat. Verstehen Sie? Man braucht Eier. Sie haben den Killer gelobt und ein Freudenfest gefeiert, weil sie Don Vincenzo Altieri Leid zugefügt haben. Ich weiß, wie solche Dinge funktionieren. Ich weiß es zu gut, ich verdiene diesen Schmerz, aber mein Antonio nicht. Was hatte er getan?« Er hielt inne. Dann deutete er auf die drei Kreuze vor ihm. »Und der da sagt gar nichts. So viele Unschuldige wurden umgebracht, um die Urteile zu vollstrecken, die hier unten gefällt worden sind. Aber er hat nichts getan. Er hat nur beobachtet und geschwiegen, er hat die Dinge laufen lassen und sich um seine eigenen Angelegenheiten gekümmert. Und ich, der ohne Hoffnung ist, komme jedes Jahr an diesem Tag hierher, um ihn daran zu erinnern, was für ein Scheißkerl er doch ist. *E se l'adda tenè pecchè accusi è*, das muss er akzeptieren, denn es ist die Wahrheit«, schloss er wütend.

Dann wandte er sich an mich.

»Und jetzt zu uns. Waren Sie beim Militär, Dottore?«

»Nein, ich wurde wegen des Erdbebens von 1980 von der Wehrpflicht entbunden. Aber ich war auf der Polizeiakademie.«

»Das ist nicht das Gleiche. Sie haben etwas Interessantes gemacht, waren immer beschäftigt. Wenn man beim Militär ist, muss man nach den vier Wochen Grundausbildung nur noch einen Ort finden, wo man den Rest des Wehrdienstes abbummeln kann. Reine Zeitverschwendung. Deshalb erfindet man so absurde Sachen wie die Jukebox. Wissen Sie, was das ist?«

Ich hatte keine Ahnung, worauf er hinauswollte, aber ich dachte, es sei besser, ihm zu folgen.

»Natürlich, das ist ein Kasten, in den man eine Münze steckt und dann das Musikstück auswählt, das man hören möchte.«

»Ganz genau. Aber das ist das Original. In den Kasernen gab es so etwas damals nicht, und wir mussten uns was einfallen lassen. Einer der Neulinge wurde in einen Schrank gesperrt, und wir sagten ihm, welches Lied er singen sollte. Und er musste es gut machen, sonst wurde er hinterher gepiesackt.« Er musste lächeln, offensichtlich wusste er, wovon er sprach.

»Und dann, Don Vincenzo? Was wollen Sie mir mit dieser Geschichte sagen?«

»Mit unserem Freund haben sie es auch so gemacht. Er steht im Schrank, und die draußen sagen ihm, welches Lied er singen soll.«

Die Metapher zeigte mir deutlich, worauf er hinauswollte.

»Und wer hat die Münze reingesteckt?«

»Das müssen Sie selbst herausfinden. Finden Sie heraus, wem die Lieder gefallen und wem sie nicht gefallen. Dann wissen Sie Bescheid. Eins ist klar: Ein Vogel, der im Käfig singt, singt nicht freiwillig.«

Ich wartete noch einen Moment, aber er hatte nichts mehr zu sagen.

»Gut. Ich danke Ihnen, Don Vincenzo. Haben Sie noch mehr für mich?«

»Das ist alles. Was wollen Sie noch? Ich schätze und respektiere Sie, aber vergessen Sie nicht, dass wir nicht in der gleichen Mannschaft spielen. Ich habe Ihnen schon zu viel gesagt. Aber dass wir uns getroffen haben, wissen nur die Toten.« Er deutete auf die Schädel. »Und die reden zum Glück nicht.«

In diesem Satz lag eine versteckte Drohung, aber ich ging nicht weiter darauf ein. Das gehörte in seinen Kreisen zum guten Ton. Ich verabschiedete mich und ging zum Ausgang. Nach ein paar Schritten rief er mir nach: »Entschuldigen Sie, ich habe doch etwas vergessen.«

Ich drehte mich um.

»Ja?«

»Dieser Arzt, der da umgebracht wurde, war möglicherweise kein Heiliger. Auch er war nur ein Mensch und hatte seine Schwächen.«

»Was meinen Sie damit?«

»Auf Wiedersehen, Dottore. Es hat mich gefreut, Sie wiederzusehen. Kommen Sie gerne öfter nach Neapel, das steht Ihnen. Schon nach zwei Tagen haben Sie wieder Farbe im Gesicht.«

Er drehte sich um und ging.

20

Ich kehrte zu Ispettore Luongo nach Marechiaro zurück und fragte mich, was Don Vincenzo mir mit seinen Andeutungen sagen wollte. Ich musste dazu die Ergebnisse einer Sonderermittlung der Anti-Mafia-Einheit Florenz analysieren, die den einfallsreichen Titel »Operation Schutzwall« trug. Der Name bezog sich auf die Eindämmung der Organisierten Kriminalität in der Toskana. Ein ehrgeiziges Ziel, vielleicht zu ehrgeizig.

Ich fragte Giovanni nach einem Computer mit Internetzugang. Da ich über keinerlei Unterlagen verfügte, musste ich mich auf die Presseartikel im Netz verlassen.

»Einen Computer habe ich, den habe ich schon vor einigen Jahren gekauft, damals zu einem guten Preis. Ich hole ihn.«

Er verschwand im Schlafzimmer und kam kurze Zeit später mit einem Laptop wieder. Er legte ihn auf den Wohnzimmertisch. »Bitte, machen Sie nur, ich habe keine Geheimnisse. Eigenes Internet habe ich nicht, aber Sie können sich über das WLAN des Architekten über mir einloggen, hier ist das Passwort.« Er reichte mir einen Zettel.

Am liebsten hätte ich ihn gefragt, wie er an das Passwort gekommen war oder was »zu einem guten Preis« genau zu bedeuten hatte. Aber ich ließ es sein, fuhr den Computer hoch, loggte mich ein und begann die Recherche.

Die Operation »Schutzwall« hatte zu sieben Haftbefehlen geführt sowie der Durchsuchung einer Villa, eines Restaurants und eines Reiterhofs nahe Florenz. Sämtliche Maßnahmen wurden zeitgleich mit Mauro Crisantis Auftauchen in meiner Wohnung durchgeführt. Er hatte sich das Sahnestück herausgepickt.

Außer meinem gab es noch sechs weitere Haftbefehle: Vincenzo Aprea und Aldo Caterino, bereits mehrmals wegen verschiedener Delikte und der Zugehörigkeit zu einer mafiösen Vereinigung verurteilt: Beide saßen bereits im Gefängnis und verbüßten Strafen wegen mehrfachen Mordes im Auftrag der Camorra. Der Kronzeuge Ciro Auriemma hatte sie der Mittäterschaft an zwei weiteren Morden beschuldigt, für die er die Verantwortung übernommen hatte.

Dann gab es noch Simone Bongi, Inhaber eines Nachtclubs in Barberino, der als logistisches Zentrum und als Versteck für den Sprengstoff für einen Anschlag auf die Baustelle einer kampanischen Firma in Florenz gedient hatte, die kein Schutzgeld bezahlen wollte. Außerdem Hoti Xaier, ein vorbestrafter Rausschmeißer in Simone Bongis Club, der auch für Ciro Auriemma als Fahrer arbeitete, wenn er seine Einschüchterungsrunden drehte.

Dazu kam Antonio Pagani, ein Geschäftsmann, der sich auf den Erwerb von Firmen spezialisiert hatte, die in wirtschaftlichen Schwierigkeiten steckten, und darüber hinaus in Geldwäschegeschäfte involviert war.

Schlussendlich Bruno Lampis, Chef einer Firma zur Wartung und Instandhaltung von Schiffscontainern und den dazugehörigen Schiffen im Hafen von Livorno, der sich zudem im Auftrag des Clans um die ankommenden Kokainlieferungen kümmerte.

Eigentümer der durchsuchten Villa war Antonio Pagani, das Restaurant und der Reiterhof gehörten Simone Bongi.

Die meisten Namen sagten mir nichts. Irgendwie seltsam, dass wir alle in alphabetischer Reihenfolge untereinander auf der gleichen Seite standen, ich aber keine Ahnung hatte, wer diese Leute waren. Eine Ausnahme bildete Antonio Pagani. Ihn kannte ich. Er war Steuerberater und hatte sich um die formalen Einzelheiten der Hotelkäufe in Valdenza gekümmert. Das Geschäft in Vettolini hatten wir verhindern können, indem wir beim Präfekten ein Verkaufsverbot an die Mafia erwirkt hatten. Aber die anderen waren unbeschriebene Blätter für mich.

Giovanni ging in die Küche und bereitete das Abendessen vor.

»Was gefunden?«, fragte er.

Ich zeigte ihm meine Namensliste und bat ihn um eine Einschätzung.

Er verzog den Mund.

»Erklären Sie mir das. Ciro Auriemma ist ein Killer, der Dutzende von Menschen getötet hat und seit Jahren zum Settimio-Clan gehört. Der gibt jetzt ein paar Taten zu und zieht gleichzeitig noch zwei Typen mit rein, die ohnehin schon im Gefängnis sitzen? Der soll glaubwürdig sein? In Florenz vielleicht. Aber das soll jetzt kein Vorwurf sein, Dottore, in Neapel hätten wir den hochkant rausgeschmissen, sobald er den Mund aufgemacht hätte. Sie müssen sich die anderen anschauen, den Nachtclubbesitzer, oder den aus dem Hafen von Livorno, und rausfinden, was die in diesem Geflecht zu suchen haben. Nur so können Sie da durchsteigen.«

Ispettore Luongo hatte trotz seines Alters den Blick für das Wesentliche nicht verloren. Er hatte recht, genau wie Don Vincenzo Altieri: Ciro Auriemma war ein fingierter

Kronzeuge, er brachte weiter im Auftrag anderer Leute um. Früher mit der Waffe, jetzt mit Verleumdungen.

Außer mir waren noch andere ins Visier geraten. Aber warum? Wenn ich das gewusst hätte, wäre ich einen Schritt weiter gewesen. Aber dazu musste ich Zugriff auf die Datenbanken der Polizei haben. Giovanni konnte mir dabei nicht helfen, er war zu lange raus aus unserer Welt.

Ich musste nach Valdenza zurück und die Spuren dort weiterverfolgen, ich hatte keine andere Wahl. Ispettore Sarripoli würde mir sicher dabei helfen.

DIE ERPRESSUNG

21

Die Nachricht, dass Casabona in eine Ermittlung gegen die Organisierte Kriminalität und noch dazu in den Mord an Dottor Marco Romoli verwickelt war, verbreitete sich in der Stadt wie ein Lauffeuer. Etwas so Spektakuläres kam nur selten in Valdenza vor. Die Stadt war überschaubar, und man hielt sich im Umgang miteinander an ethische Regeln. Die Institutionen wurden nicht in Frage gestellt, sie waren feste Größen, denen man uneingeschränkt vertraute. Ein so heftiger Schlag konnte dieses empfindliche Gleichgewicht bis in die Grundfesten erschüttern.

Auch in der Questura war man tief erschüttert. Die einen hielten Casabona für unschuldig, die anderen trauten es ihm zu, wollten aber nicht zugeben, dass sie ihn für schuldig hielten, räumten jedoch zumindest die Möglichkeit einer Schuld ein.

Die ganze Geschichte hatte noch ein weiteres prominentes Opfer: den Questore. Aus Rom hatte man ihm signalisiert, dass er ein Zeichen setzen musste, notfalls müsste er seinen Posten räumen. Egal, ob er Mitschuld trug oder nicht, als Vorgesetzter war er verantwortlich. Er hätte zumindest etwas merken müssen.

So brutal hatten sie ihm das natürlich nicht eröffnet, sondern nur lapidar mitgeteilt: »Es tut uns leid, wir können nicht anders, es wird eine Anhörung im Parlament geben, die Presse wird uns unter Druck setzen. Und dem müssen wir vorgrei-

fen ... aber mach dir keine Sorgen, du hältst dich einige Monate für die Untersuchung zur Verfügung, und dann bekommst du einen weit besseren Posten als den, den du jetzt abgeben musst.«

Doch der Questore spielte nicht mit. Er hielt Casabona für unschuldig. Er hatte den Untersuchungsbericht der Anti-Mafia-Ermittler in Florenz gelesen und fand die Begründung der Anklage gegen Casabona ziemlich dürftig. Sie stützten sich allein auf die Aussage eines Kronzeugen, dessen Glaubwürdigkeit zumindest in Frage stand. Es gab keine hieb- und stichfesten Beweise, und das Motiv für den Mord wirkte alles andere als überzeugend.

Aber Rom hatte wenig Interesse daran, dass sich die Angelegenheit in die Länge zog. In der Hauptstadt konnte man es kaum erwarten, sich diese Situation vom Hals zu schaffen, und zwar in bewährter Weise: Man wusch die Hände in Unschuld.

Der Questore war ein alter Hase. Nachdem er vergeblich versucht hatte, mit Argumenten zu überzeugen, tat er etwas, von dem er in seiner brillanten Karriere schon öfter geträumt hatte: Er pfiff auf den neuen Posten und ging in Pension. In seinem Antrag formulierte er einen Satz auf Sizilianisch, der noch lange nachhallte: la polizia finiu, *mit der Polizei ist es vorbei.*

Die Sitzung in der Questura von Valdenza, bei der über die Situation im Allgemeinen und eine Kommunikationsstrategie im Besonderen beraten werden sollte, wurde bereits von seinem Nachfolger geleitet. Ein Karrierebeamter aus dem Ministerium in Rom, ohne jeden kriminalpolizeilichen Stallgeruch. Er hatte bereits mehrere Funktionen im administrativen Bereich innegehabt, operative Polizeiarbeit war ihm fremd, was *ihm eine gewisse emotionale Distanz zu der Aufgabe verschaffte, die er übernehmen musste.*

Die mobile Einheit und die Kriminalpolizei im Allgemeinen waren etwas Besonderes. Von außen wirkte die Truppe verschlossen und geheimnisvoll, weil die Ergebnisse ihrer Arbeit nicht sichtbar waren. Wer zu dieser Welt gehörte, war zwangsläufig isoliert, was zu einer starken Gruppenzugehörigkeit führte, die auch bestehen blieb, wenn man die Abteilung wechselte. Hatte man diese Mentalität erst einmal entwickelt, legte man sie nie wieder ab. Vielleicht hätte das die Entscheidungen des alten Questore beeinflusst, dieses Risiko wollte man mit dem neuen nicht mehr eingehen.

Von der Questura in Valdenza waren neben dem frisch ernannten Questore Commissario Crisanti, der Stabschef, der auch für die Kommunikation mit der Öffentlichkeit verantwortlich war, und Ispettore Proietti anwesend, der Casabonas Team leitete, solange der Commissario nicht da war.

Sie saßen am Nussbaumholztisch des Besprechungsraums im zweiten Stock des altehrwürdigen Palazzo, in dem die Büros der Questura untergebracht waren.

Der Questore hörte dem Bericht der florentinischen Ermittler über den Stand der Dinge aufmerksam zu und zog seine Schlüsse, ganz im Sinne seiner Vorgesetzten in Rom.

»Gut, auf der Basis dessen, was ich gerade gehört habe, sind die Ermittlungen nahezu abgeschlossen, jedenfalls was die Kriminalpolizei betrifft. Jetzt liegt der Fall in den Händen der Staatsanwaltschaft und des Untersuchungsrichters, die den Sachverhalt aus ihrer Sicht prüfen. Wir können uns ein wenig zurücklehnen. Oder besser gesagt, wir müssen uns ein wenig zurücklehnen.«

Crisanti wollte gerade erwidern: »Wir müssen…«

Der Questore fiel ihm ins Wort: »Ich weiß, wir müssen ihn finden. Und wir werden ihn finden. Aber wir müssen ihn aus der Schusslinie der Presse nehmen. Er ist einer von uns, er trägt unsere Uniform. Die Öffentlichkeit versteht das nicht, wir tun uns selbst damit keinen Gefallen. Unser Bild als Vollzugsorgan ist beschädigt, und wenn wir so weitermachen, werden wir einen hohen Preis bezahlen müssen. Wir sollten uns zurückziehen. Ich hoffe, dass diese leidige Geschichte bald ein Ende hat. Das heißt natürlich nicht, dass wir nicht weiter nach ihm suchen. Das ist unsere Pflicht. Wir machen weiter, aber diskret. Im Interesse der Öffentlichkeit, aber auch zum Wohl der Polizei.«

Kritik war unerwünscht. Die Besprechung war vorbei, ohne dass einmal der Name Casabona gefallen wäre. Ein Beweis dafür, dass es am besten war, ihn zu vergessen.

Bei der Verabschiedung sagte der neue Questore zum Stabschef: »Alles klar?«

»Alles klar, Chef«, antwortete er und stand auf, um ihm seinen Respekt zu zeigen. Genau wie alle anderen.

22

Seit der Pressekonferenz waren einige Tage vergangen, und die Spannung hatte spürbar nachgelassen, typisch für die letzte Ermittlungsphase.

Ich kenne diese Momente gut, die mich irgendwie an die Sekunden nach dem Orgasmus erinnern. Die Spannung, die sich in den monatelangen Ermittlungen aufgebaut hat, flaut ab, die Erschöpfung wird allmählich zu Befriedigung über das Resultat. Nachdem die Akten dem Gericht übergeben und die wichtigsten Fakten für die Presse zusammengefasst worden sind, beginnt eine Zeit der Gleichgültigkeit. Der Alltag kehrt zurück. Plötzlich ist das, worauf man sich die ganze Zeit fokussiert hat, unwichtig, man verliert das Interesse. Auch die auferlegte Verschwiegenheit schwindet, jetzt ist alles in der Öffentlichkeit und Geheimhaltung spielt keine Rolle mehr.

Genau aus diesem Grund hatte ich die Möglichkeit, die mich betreffenden Akten zu studieren, als ich wieder in Valdenza war. Eine Kopie war endlich in der Questura eingetroffen. Und dank einer unerklärlichen »Zerstreutheit« meines Stellvertreters konnte Emilio Sarripoli sie für mich fotokopieren.

In meiner Abwesenheit hatte Emilio noch mehr getan: Er hatte mir ein Versteck besorgt. Und das war sehr wichtig, vor allem, weil ich noch immer gesucht wurde, besonders in dieser Region.

Es handelte sich um eine verlassene Eisenbahnerunterkunft an der alten Bahnlinie zwischen Valdenza und Bologna. Eine eingleisige Verbindung durch den Apennin, die sogenannte Porrettana. Eine Meisterleistung der Ingenieure in der zweiten Hälfte des 19. Jahrhunderts, die aber mit dem Aufkommen der Elektrolokomotiven immer seltener genutzt wurde.

Das Gebäude stand in einem kleinen Bergdorf, das im Laufe der Jahre einen drastischen Einwohnerschwund zu verzeichnen hatte. Die Unterkunft war spartanisch, ein Schlafzimmer, ein Bad und eine winzig kleine Küche. Es roch abgestanden, aber als Versteck war es ideal. Und es war noch immer an die Wasser- und die Stromversorgung angeschlossen, allerdings war das Wasser, das aus den verrosteten Rohren kam, eher bräunlich trüb als klar. Sarripoli hatte ein Öfchen aufgestellt sowie eine Decke, Bettzeug und etwas zu essen besorgt.

Angesichts meiner Situation musste ich mich damit begnügen.

Ich kam abends an und verbrachte die Nacht mit dem Studium der Akten, die mir mein Freund ebenfalls mitgebracht hatte. Ich begann mit dem Bericht der Spurensicherung am Tatort des Mordes an Marco Romoli.

Der Tisch wurde von einer alten Wolframlampe erhellt, die Fenster und die Läden waren verschlossen. Nur die Geräusche des nahen Waldes durchbrachen die Stille, das Knarren der Äste im Wind, die Tierlaute, die mich anfangs aufschrecken ließen, an die ich mich aber rasch gewöhnte.

Als ich mir die Fotos vom Tatort anschaute, wurde mir bewusst, dass der arme Romoli ein übles Ende genommen hatte. Noch langsamer und schmerzhafter als das, was ich ihm gewünscht hatte, nachdem Francesca mir eröffnet hatte, mich wegen ihm verlassen zu wollen.

Sein Leichnam war von einem Fischer am Ufer des Lago di Bilancino gefunden worden, ein künstlich angelegter See im Mugellotal. Er war zu diesem Zeitpunkt schon ein paar Tage tot, aber die niedrigen Temperaturen hatten den Verwesungsprozess verlangsamt.

Wie ich bereits wusste, war er mit einem Schuss in den Nacken getötet worden, aber das war nur der Gnadenschuss gewesen. Die Gliedmaßen des toten Körpers waren seltsam verdreht, man hatte ihm in die Knie geschossen und dabei beide Kniescheiben zertrümmert. Sein Gesicht wies Blutergüsse auf, die Nase war gebrochen, die Oberlippe aufgeplatzt, ihm fehlten einige Zähne. Das war keine Hinrichtung. Man hatte ihn grausam gequält, bevor er ins Jenseits befördert wurde. Der Täter musste ihn weit mehr gehasst haben als ich.

Beim Auffinden trug der Tote Anzug und Krawatte, seine persönlichen Gegenstände waren vollständig, Armbanduhr, Armreif, Halskette und die Brieftasche mit Geld und Dokumenten. Es fehlte nichts. Auch das hatte etwas zu bedeuten.

Sein Wagen, ein weißer 3er BMW, wurde auf der Hauptstraße gefunden, ein paar Kilometer entfernt. Die Fahrertür stand offen, der Schlüssel steckte. Vorne war er leicht beschädigt, als ob ihn ein anderes Fahrzeug gerammt und gestoppt hätte, sodass er keine Zeit zum Bremsen hatte. Die Fotos zeigten Splitter des linken Rücklichts des beteiligten Fahrzeugs auf dem Asphalt. Aber das Modell ließ sich damit nicht ermitteln. An den Lackspuren am BMW war jedoch zu erkennen, dass es sich um einen schwarzen Wagen gehandelt haben musste.

Was hatte Romoli um diese Uhrzeit dort verloren? War er nach Valdenza unterwegs gewesen, oder hatte er dort auf jemanden gewartet? Hatte er ein »Rendezvous mit dem Tod«? So etwas schrieb die Presse bei solchen Gelegenheiten gerne. Vielleicht, aber wie und wann er dieses Treffen vereinbart hatte, konnte nicht ermittelt werden. Sein Handy lag ausgeschaltet im Auto, man hatte keine verdächtigen Anrufe in den Tagen vor der Tat festgestellt. Wenn das Treffen vorher vereinbart worden war, dann nicht per Telefon.

In der Anklageschrift gegen mich wurde dieser Umstand zu meinen Ungunsten interpretiert, mit einer Logik, die jeden Inquisitor neidisch machen konnte: »... *außerdem, wie man es von einem Kriminalkommissar erwarten kann, der jahrelange Erfahrung mit dem Abhören von Telefonen von Verdächtigen hat, wusste der Täter genau, dass er das Opfer nicht telefonisch kontaktieren konnte.*«

Wenn man das so las, klang es logisch. Vor allem in Verbindung mit dem vermeintlichen Motiv, das für den Untersuchungsrichter, der mich im Knast sehen wollte, perfekt zu der *Dynamik des Geschehens* passte: »... *Eine solche Grausamkeit in der Ausführung der Tat lässt sich nur durch die völlige Verachtung für das Leben des Rivalen erklären, die in einen abgrundtiefen Hass mündete, den nur blinde Leidenschaft wecken kann.*« Im Gerichtssaal hätte ein solches Plädoyer Applaus verdient. Das hatte er gut gemacht, kein Zweifel.

Aber von diesem winzigen Detail einmal abgesehen, hatte niemand die Tatsache in Erwägung gezogen, dass ich am Mordabend sechzig Kilometer weit vom Tatort entfernt gewesen war. Ich war bei Barbara gewesen und hatte mit ihr die Nacht verbracht.

Ich wusste das noch genau, weil es ein Mittwoch war. Ich schlief mittwochs immer bei ihr, weil sie am Donnerstagmorgen freihatte. Und das nannte man ein Alibi. Der Albtraum eines trägen Ermittlers, weil man damit auch die schönsten Theorien vom Tisch wischen konnte. Ich sage nicht, dass man mich danach hätte fragen sollen, bevor man mich einer so schweren Tat beschuldigt hatte, denn damit hätte man die Untersuchung öffentlich gemacht. Aber zumindest hätte man prüfen müssen, wo mein Handy eingeloggt gewesen war. Und dann hätte man herausgefunden, dass ich mich die ganze Zeit nicht aus Valdenza wegbewegt hatte. Aber vielleicht war das zu viel verlangt.

Jetzt musste ich selbst tätig werden. Und zwar so schnell wie möglich.

Aber dann kamen mir Zweifel. Würde Barbara mein Alibi bestätigen? Ihr Verhalten, nachdem sie die Nachrichten gesehen hatte, ließ mich da nicht so sicher sein. Sollte ich diesen Weg wählen? Selbst bei einer Bestätigung könnte man mir unterstellen, eine verliebte Frau zu instrumentalisieren, weil ich mit der Last der Verantwortung nicht zurechtkam.

Als ich endlich einschlief, graute schon fast der Morgen. Zuvor war ich zu dem Schluss gekommen, dass ich selbst herausfinden musste, wer Marco Romoli umgebracht hatte und warum. Sonst würde ich nicht aus diesem Schlamassel herauskommen.

Ermitteln war schon immer mein Job gewesen, aber dass ich es einmal tun musste, um mich selbst zu retten, daran hatte ich nicht im Traum gedacht.

23

Am nächsten Morgen wurde ich von Sarripoli geweckt. Kurz nach zehn klopfte er an meine Tür. Ich schreckte hoch und öffnete. Er hatte Kaffee in einer Thermoskanne und eine Tüte gefüllte Cornetti mitgebracht, stellte alles auf den Tisch und räumte die Akten zur Seite, die ich dort ausgebreitet hatte.

Ich wollte gerade die Tür wieder schließen, als er sagte: »Warte, ich bin nicht allein.«

Ich war verblüfft. Dann schaute ich nach draußen und sah Binis Glatze. Dahinter standen Ciondolo und Proietti. Ich drehte mich zu Sarripoli und sah, wie er die Cornetti auspackte und Plastikbecher für den Kaffee auf den Tisch stellte. Das war alles zweifellos nett gemeint. Ich beruhigte mich.

»Dottore, lassen Sie uns rein, bevor uns jemand sieht?«, fragte Bini.

»Außerdem ist es arschkalt«, fügte Ciondolo hinzu und wandte sich an Sarripoli. »Wo hast du denn dieses Loch aufgetan? Ich hätte mich geschämt, ihn hier unterzubringen.«

»Geh mir nicht auf die Nerven«, gab Sarripoli lapidar zurück.

War das Traum oder Realität? Egal, die Atmosphäre tat mir gut, ich fühlte mich zu Hause, in meiner Welt.

Ich ließ sie herein und schloss die Tür.

Einen Moment lang herrschte Schweigen. Sarripoli goss

den Kaffee ein, dabei wanderte mein Blick von einem zum anderen. Sie wirkten verlegen, und ich machte den ersten Schritt.

»Also? Was gibt's? Nehmt ihr mich fest?«

»Wir sind hier, um dir zu helfen«, sagte Proietti.

Darauf hatte ich gehofft, aber überrascht war ich trotzdem.

»Ihr wisst schon, was ihr dabei riskiert?«

»Wir haben eine vage Vorstellung«, antwortete Bini, und die anderen nickten.

»Warum macht ihr es dann?«

»Weil wir von deiner Unschuld überzeugt sind«, meinte Proietti.

Sie glaubten an mich. Sie vertrauten mir, egal, wie die Sache von außen aussah, entgegen jeder Vernunft. Vielleicht war es die Anspannung, die sich in den letzten Tagen aufgestaut hatte, vielleicht die familiäre Atmosphäre, keine Ahnung. Auf jeden Fall war ich tief gerührt. Zum Glück brachte mich Proietti zurück auf den Boden der Tatsachen.

»Wir waren bei Dottoressa Barbara Melani. Wir haben ihre Wohnung durchsucht und ihre Aussage aufgenommen.«

»Ich nehme an, sie hat mich mit Zähnen und Klauen verteidigt.«

»Nicht wirklich. Aber damit hat sie dir ungewollt geholfen, und deshalb sind wir heute hier.«

»Lass hören.«

»Sie sagte, ihr hättet euch immer mittwochs getroffen und den Abend und die Nacht miteinander verbracht. Und da Romoli zwischen Mittwochabend und Donnerstagmorgen umgebracht wurde, kannst du es nicht gewesen sein.«

»Und ich dachte einen Moment, dass ihr einen alten Kollegen einer solchen Tat nicht für fähig hieltet. Macht aber nichts, es passt auch so. Das Wichtigste ist, dass ihr nicht hier seid, um mich festzunehmen.«

»Wir machen eben gute Arbeit«, meinte Ciondolo mit seiner üblichen Respektlosigkeit.

»Auch das ist richtig«, sagte ich, um die Sache abzuschließen.

Proietti, Sarripoli und ich setzten uns, die anderen blieben stehen. Mehr Stühle gab es nicht.

Wir aßen die Cornetti und tranken Kaffee, als säßen wir ganz normal im Büro.

»Was hältst du davon?«, fragte Proietti und deutete auf den Aktenberg, den Sarripoli auf dem Tisch gestapelt hatte.

»Ich habe mir den Bericht der Spurensicherung angesehen. Wer auch immer Romoli ermordet hat, er muss ihn wirklich gehasst haben. Der Arzt hat sich wahrscheinlich Feinde gemacht, wir müssen wissen, wen und warum. Warum diese Grausamkeit? Die in Florenz haben Ciro Auriemma geglaubt und sind auf mich gestoßen. In gewisser Hinsicht hatten sie ja auch recht, ich gehörte zu seinen Feinden. Aber ich war es nicht, und es gibt sicher noch jemand anderen, der ihn gehasst hat und tot sehen wollte.«

»Vielleicht sollten wir in seinem privaten Umfeld ermitteln«, schlug Sarripoli vor.

»Warum fragst du nicht Francesca?«, meinte Proietti, als sei es die normalste Sache der Welt.

Ich wusste nicht, was ich darauf antworten sollte.

»Wir müssen auch mit ihr reden. Das muss man in solchen Fällen«, fügte er hinzu, als wolle er sich rechtfertigen.

»Und was lässt dich vermuten, dass sie nicht Hilfe rufend davonläuft, wenn sie mich sieht?«

»Ich habe mit ihr gesprochen, deshalb. Sie macht sich

Sorgen um dich. Sie ist von deiner Unschuld überzeugt und denkt, dass sie an allem schuld ist, was gerade auf dich einprasselt. Sie hat die Beziehung mit Romoli längst beendet, wollte dir das aber nicht sagen, weil sie ein schlechtes Gewissen hatte.«

Ich schwieg, total verwirrt. Ich war sicher, dass ich von Francesca nichts Gutes zu erwarten hatte, weder Hilfe noch Verständnis. Auf der anderen Seite war ich davon überzeugt gewesen, dass Barbara an meiner Seite stehen würde. Aber wie schon so oft in meinem Leben musste ich zugeben, dass Frauen für mich eine unergründliche Welt waren. Ich musste der Realität ins Auge sehen. Ich war ein hervorragender Ermittler, konnte mich selbst durch die kompliziertesten Fälle wühlen, aber ich musste einsehen, dass ich von Frauen rein gar nichts verstand.

Nach der Verwirrung durchströmte mich eine Welle der Freude über diese Nachricht. An diesem Morgen waren die wichtigsten Dinge in meinem Leben wieder im Lot, ich war nicht mehr allein und konnte hoffen, dass sich alles in Wohlgefallen auflösen würde.

»Gibt es was Neues von meiner Tochter?«, fragte ich Proietti.

»Die Beamten aus Florenz haben sie in Mailand aufgesucht, sie vermuteten, du wärst dort«, antwortete er.

»Übrigens ... Glückwunsch zu der Finte mit dem Handy im Zug«, fügte Bini hinzu und lachte, die anderen stimmten ein.

Auch ich lachte. Dann wandte ich mich wieder an Proietti.

»Wie geht es Chiara?«

»Gut. Die Kollegen haben gesagt, dass sie dich verteidigt und es diesen Idioten nicht leicht gemacht hat.«

Ich strahlte vor Zufriedenheit. Die Dunkelheit war vorbei, die Hoffnung begann zu leuchten. Vielleicht hatte der geheimnisvolle Fädenzieher, der die Geschicke der Menschen lenkte, die Karten neu gemischt, und ich hatte nach dem Albtraum der vergangenen Tage ein gutes Blatt auf der Hand. Das stimmte mich froh. Jetzt war ich gefragt. Glück allein reichte nicht aus, um das Schicksal wohlgesonnen zu stimmen.

»Wie komme ich unbemerkt an Francesca heran?«, fragte ich.

»Ich kümmere mich um ein unauffälliges Treffen«, erwiderte Proietti.

»Danke, Fabio. Wir müssen außerdem herausfinden, warum dieser Pseudokronzeuge Ciro Auriemma mir dieses Geschenk gemacht hat. Wir müssen wissen, ob er immer noch zum Settimio-Clan gehört und welchen Interessen wir in letzter Zeit mit unseren Ermittlungen geschadet haben.«

»Das mache ich«, antwortete Proietti.

»Gut. Ihr findet heraus, wie und warum der Nachtclubbesitzer Simone Bongi, sein Rausschmeißer Hoti Xaier, der Geschäftsmann Antonio Pagani und der Besitzer einer Livornoer Wartungsfirma für Schiffscontainer, Bruno Lampis, in die Sache verwickelt sind. Die anderen Beteiligten sitzen schon. Für sie ändert sich nichts, die können wir im Augenblick vernachlässigen«, sagte ich an Ciondolo und Bini gewandt.

»Wir machen uns sofort an die Arbeit«, sagte Bini.

Ispettore Sarripoli fühlte sich ein bisschen außen vor und fragte: »Und was mache ich?«

»Du besorgst Kaffee und Cornetti«, antwortete Ciondolo an meiner Stelle.

Ich war wieder zu Hause, und das machte mich glücklich.

24

Ich hatte Francesca seit mehr als drei Monaten nicht gesehen. Nachdem sie sich entschieden hatte, mich zu verlassen und ihre neu entflammte Leidenschaft mit Marco Romoli auszuleben, hatten wir uns nur ein paarmal getroffen, um praktische Fragen zu klären: Wer behält den Hund? Wer nutzt wann das Ferienhaus am Meer und Ähnliches. Das typische Prozedere am Ende einer Beziehung.

Ich muss zugeben, in dieser Zeit war ich angespannt und wütend gewesen. Ich war sauer auf sie, und ich hasste den Mann, der sie mir genommen hatte. Ganz menschliche Reaktionen. Die dunkle Seite der Leidenschaft. Mit den Jahren hatte ich mir eingebildet, etwas Stabiles und Dauerhaftes aufgebaut zu haben, um dann feststellen zu müssen, dass unsere Beziehung auf Sand gebaut war und meine Sandburg mit einer einzigen Welle zerstört werden konnte. Niemand konnte verlangen, dass das spurlos an einem vorübergeht. Man muss allerdings einen klaren Blick bewahren. Du bist ein Mensch und musst imstande sein, dich unter Kontrolle zu haben, auch wenn es wehtut. Und genau das hatte ich getan.

Mit der Zeit versuchte ich, die Situation zu reflektieren. Ich war sogar so weit, ihr Verhalten ein Stück weit verstehen zu können. Im Grunde war das Leben an uns vorbeigegangen, wir hatten unsere Träume verloren. Wie Schiffe, die mit unbestimmtem Ziel auf hoher See unterwegs waren. Wir hatten unsere Wahl getroffen, und alles andere war verschwunden. Das Leben hatte uns gezwungen, auf alles zu verzichten, was nicht unser Schicksal war. Aber manchmal ist das Bedauern über verpasste Chancen übermächtig. Wie sollte man böse auf jemanden sein, der sich von dieser Illusion hatte blenden lassen? Der geglaubt hatte, man könne die Zeit zurückdrehen und sich selbst beweisen, besser zu sein, als man gewesen ist? Ich hatte sogar Mitleid mit ihr. Wegen ihrer Zerbrechlichkeit, ihrer Unfähigkeit, das Unausweichliche zu ertragen. Die Uhr tickt unaufhaltsam.

Francesca saß auf der Bank unter den ausladenden Ästen der Trauerweide im Park der Villa, die Niccolò Puccini der Stadt Valdenza gestiftet hatte, um dort ein Heim für alte und bedürftige Menschen zu gründen. Sie wartete auf mich. Sie hatte zu Proietti gesagt, dass sie um elf ihre Großmutter besuchen würde. Ich wusste, dass ihre Großmutter in diesem Heim ihre letzten Lebensjahre verbracht hatte, allerdings war sie seit Jahren tot. Früher hatte Francesca sie dort oft besucht. Francesca hatte bewusst diesen Ort als Treffpunkt gewählt. Falls die Beamten aus Florenz ihr Telefon abhörten, hätten sie angenommen, dass sie auf dem nahen Friedhof an ihr Grab gehen und dort beten würde. Von der Villa konnten sie nichts wissen.

Ich blieb einige Minuten hinter einem Baum stehen und beobachtete sie. Ich wollte sichergehen, dass ihr niemand gefolgt war. Sie trug einen schweren dunklen Mantel mit Pelzkragen, der ihr bis zu den schwarzen Lederstiefeln reichte. Sie sah aus wie immer. Ihr fein geschnittenes Gesicht wurde von einer markanten Nase geprägt. Auf ihrem Schoß hielt sie eine Handtasche aus weißem Leder, hin und wieder schaute sie sich um.

Es war sonnig, aber kalt.

Ich näherte mich und nahm neben ihr Platz. Sie begrüßte mich mit »Ciao«, ohne sich zu mir umzudrehen oder mich anzusehen. Ich versuchte sofort, mich zu entschuldigen.

»Francesca, es tut mir leid, dass ich dich in diese Geschichte mit reinziehe«, begann ich. »Wenn dich das belastet, verstehe ich, wenn du gleich wieder gehst.«

»Ich bin für das alles verantwortlich, nicht du. Das wissen wir beide, auch wenn du zu höflich bist, es mir vorzuwerfen. Sag mir nur eins«, sie schaute mich an, »warst du es?«

»Nein. Am Anfang habe ich ihn gehasst, das stimmt. Aber so etwas hätte ich niemals tun können, du kennst mich. Wegen mir selbst, wegen dir und wegen unserer Kinder.«

Sie winkte ab.

»Gut, Tommaso. Mehr muss ich nicht wissen. Wie kann ich dir helfen?«

»Ich muss den wahren Täter finden, deshalb brauche ich Informationen über Marco Romoli. Was für ein Leben hat er geführt, welche Freunde, welche Feinde hatte er ... Du warst mit ihm zusammen, vielleicht hast du etwas gesehen oder gehört.«

Ich spürte ihre Verlegenheit und versuchte, mich klarer auszudrücken.

»Mir ist klar, dass ich viel von dir verlange. Meine Frau soll mir von ihrem Liebhaber erzählen, aber ich wüsste nicht, wie ich sonst aus der Sache rauskommen soll.«

Sie verstand und begann zu erzählen.

»Die Geschichte mit Marco ging nicht lange. Nachdem ich bei dir ausgezogen war, haben wir uns ein paar Wochen lang getroffen, waren essen, im Kino. Manchmal haben wir bei ihm, manchmal im Hotel übernachtet. Ich habe schnell bemerkt, dass er noch andere Affären hatte und ich nur eine von vielen war. Wir haben darüber gesprochen, und er gab zu, dass diese Lebensweise seinem Naturell entsprach. Er wollte frei sein, für enge Bindungen und feste Beziehungen sei er nicht gemacht. Ich sei ihm wichtig, aber sein Leben würde er für mich nicht ändern. Deshalb habe ich ihn verlassen. Am schlimmsten für mich war, dass ihn das gar nicht berührt hat, er hatte sogar Verständnis für meine Entscheidung und respektierte sie. Er war überhaupt nicht sauer. Schlussendlich musste ich ihm noch dankbar sein. Und dafür hatte ich meine Ehe und meine Familie zerstört. Ich glaube nicht, dass es dir besser gehen wird, wenn du das hörst.«

Nein, das tat es tatsächlich nicht. Das war nichts, was das Wohlbefinden steigerte. Der Kontrast zwischen der demonstrativen Leichtigkeit dieses Mannes und den Schäden, die er angerichtet hatte, war unerträglich. Marco Romoli war durch unser Leben gefegt, als ob er einen Ameisenhaufen zertreten und es nicht einmal bemerkt hätte. Ich schwieg. Wir blickten uns an, und ich hatte das Gefühl, in ihren Augen genau das zu lesen, was ich auch fühlte: Der Scheißkerl hatte sein Ende verdient. Man musste behutsam miteinander umgehen, den anderen achten und aufpassen, wo man hintrat, verdammt. So war das Leben, und das Leben musste man respektieren.

Von der nahen Musikschule wehten die Töne von *So this is Christmas* von John Lennon herüber, die Schüler probten sicher für das Weihnachtskonzert.

Hier konnte ich nicht lange bleiben, es war zu gefährlich. Deshalb kam ich auf den Grund meines Besuchs zurück.

»Kennst du den Namen einer der Frauen, mit denen sich Romoli getroffen hat?«

»Nein. In dieser Hinsicht war er sehr reserviert. Hin und wieder bekam er Nachrichten aufs Handy. Eines Abends ging er ins Bad und ließ das Telefon auf dem Tisch liegen. Ich habe den Anfang einer SMS gelesen, es gab keinen Zweifel. Und er stritt nichts ab, sondern gab sofort alles zu. Aber den Namen der Absenderin weiß ich nicht.«

Sie lächelte bitter.

»Willst du wissen, was komisch ist?«, fragte sie.

»Sag's mir.«

»Die Nachricht war von einer gewissen ›Tigerin‹ gesendet worden. Er meinte, ihm sei die Privatsphäre der Frauen wichtig, deshalb gab er jeder einen Tiernamen. Damit sie unerkannt blieben. Verstehst du? Sie war die ›Tigerin‹. Ich hatte nie den Mut, ihn nach meinem Pseudonym zu fragen. Was meinst du? Wie hättest du mich genannt? Panther? Schaf? Kätzchen? Schweinchen?«

Sie brach wütend in Tränen aus, wandte aber ihr Gesicht ab, damit ich es nicht merkte.

Ich zwang mich, die nötige Distanz zu halten, spürte aber, wie sich mein Magen zusammenzog.

»Hast du mal einen Streit mitbekommen? Hatte er Schulden? Laster? Spiele, Drogen, was weiß ich. Hat er sich wegen irgendetwas Sorgen gemacht?«

Sie dachte einen Moment nach.

»Nein, nichts. Tut mir leid, Tommaso. Er war immer charmant und gut gelaunt, ich habe ihn nie wütend oder besorgt gesehen. Geld hatte er genug. Ob seine anderen Bekanntschaften verheiratet waren, weiß ich nicht. Vielleicht. Vielleicht hat ein eifersüchtiger Ehemann etwas entdeckt. Ihr müsst seine Anrufe überprüfen, ich gebe dir seine Handynummer.«

Sie zog ein gelbes Notizbuch mit einem Stift aus der Tasche, schrieb die Nummer auf, riss die Seite heraus und reichte sie mir.

»Und weißt du, warum er im Mugello war?«

»Ja, dort liegt eine Privatklinik, in der er ein paar Tage die Woche gearbeitet hat. Sie heißt Villa Glori. Hin und wieder übernachtete er im Hotel Gaudio ganz in der Nähe. Einmal hat er mich mitgenommen, im Gästeregister ist das sicher zu finden.«

Ich ließ mir den Stift geben und notierte: Villa Glori und Hotel Gaudio.

»Ich muss jetzt gehen, es ist hier zu gefährlich für mich«, verabschiedete ich mich.

Ich stand auf und ging.

»Tommaso?«

Ich drehte mich um.

»Es tut mir leid. Wenn es ginge, würde ich die Zeit zurückdrehen ... aber das ist eben nicht möglich.«

»Nein, ist es nicht. Leider.«

In diesem Augenblick wurde mir klar, wie sehr wir uns verändert hatten. In den vielen Jahren unserer Ehe hatten wir zusammen einen Raum für uns geschaffen, in dem wir lebten. Wie in einer Glaskugel, isoliert von der Außenwelt, vor allem Unheil geschützt. Und als die Kugel zerbrach, prasselte die ganze Scheiße von außen auf uns ein und ließ unsere Seelen austrocknen. Unsere Träume verflogen, unsere Perspektiven veränderten sich.

Als ich ging, nahm ich diese Erkenntnis mit, an der ich schwer zu tragen hatte.

25

Seinen ersten Mord verübte Ciro Auriemma mit neunzehn. Nichts Aufregendes. Man schickte ihn zu einem alten Gemüsehändler, der dem Boss des Viertels nicht den nötigen Respekt gezeigt hatte. Um genau zu sein, hatte der arme Mann dem Capo selbst gar nichts getan, sondern nur dessen Sohn in Gegenwart anderer schlecht behandelt. Der Junge hatte mit einigen Freunden den Laden betreten, sich eine Handvoll Kirschen genommen und wollte, ohne zu bezahlen, wieder gehen. Der Alte, der vielleicht einen schlechten Tag gehabt oder ihn einfach nicht erkannt hatte, hatte ihn am Arm gepackt, ihm eine runtergehauen und ihn als »puricchiuse« beschimpft, was so etwas wie »verlauster Lump« bedeutete. Die Nachricht hatte sich im ganzen Viertel verbreitet. Das war sein Todesurteil gewesen.

Ciro Auriemma war ein aufgeweckter Bursche, auf der Straße aufgewachsen, allergisch gegen die Schule und mit dem unbedingten Willen, einen Auftrag um jeden Preis auszuführen. Die Familie *hatte ihn im Auge. Sie hatten ihn als Posten eingeteilt, der meldete, wenn die Polizei kam, dann war er Drogenkurier geworden, und schließlich hatte er an »Strafaktionen« gegen Geschäftsleute teilgenommen, die mit den Abgaben für die Familien von inhaftierten Camorristi im Rückstand waren. So nannte man in diesen Stadtteilen das Schutzgeld.*

Ciro Auriemma kam aus einer bettelarmen Familie und lebte mit der Mutter und sechs Geschwistern auf wenigen

Quadratmetern in einem Keller. Er war ehrgeizig und träumte davon, viel Geld und den Respekt der anderen zu erlangen. Und zwar so schnell wie möglich. Er hatte nie daran gedacht, dass es andere, ehrliche Wege geben könnte, die zum gleichen Resultat führen würden. Indem er arbeitete, zum Beispiel. Von seinem Blickwinkel aus war das keine Option. Als man ihm den Auftrag gab, war er glücklich. Er wusste, dass seine Stunde gekommen war. Fünfhundert Euro, um einen Gemüsehändler zu töten und in der Organisation aufzusteigen. Alles lief glatt. Am nächsten Morgen ging er fast einen Kilometer zu Fuß. Es war halb acht, er hatte einen Rucksack auf den Schultern und sah aus wie ein Schüler auf dem Weg zur Schule. Sein zukünftiges Opfer, der Scheißkerl – denn man musste das Opfer verachten, sonst funktionierte es nicht –, baute gerade seine Obstkisten auf dem Bürgersteig auf. Ciro blieb vor ihm stehen.

»Was darf's sein, mein Junge?«

»Nichts. Ich habe eine Nachricht für Sie.«

Er nahm den Rucksack von den Schultern und stellte ihn auf den Boden. Er zog eine Uzi-Maschinenpistole heraus und richtete sie auf ihn.

Der Alte erkannte ihn jetzt. Und er hatte Mitleid mit ihm.

»Junge, was machst du da? Du bist ein Sohn von Carmelina, lass es, sonst fühlen sich die, die dich geschickt haben, bestätigt. Die ruinieren dich, hau lieber ab und vergiss das Ganze. Glaub mir und verschwinde.«

Die Salve aus nächster Nähe zerriss ihn fast in zwei Hälften. Blut spritzte auf die Tomaten und die anderen Früchte. Nicht auf die Kirschen, an diesem Morgen hatte er auf dem Großmarkt keine gekauft, sie waren zu teuer und nicht frisch gewesen.

Ciro fühlte sich mächtig wie nie. Während er die Waffe wie-

der in den Rucksack steckte, spürte er, dass er eine Erektion hatte. Und das machte ihn noch euphorischer. Er spuckte auf den zerschossenen Körper des Alten und ging. Niemand, der in der Nähe war, sagte ein Wort, man drehte sich zur Seite und ließ ihn vorbei. Wenn das kein Respekt war, was war es dann?, fragte er sich. Und er tat es wieder. Oft. Er mochte den Tod. Es war immer anders, aufregend. Aber nie banal oder eine simple Wiederholung. Jedes Opfer zeigte seine Todesangst auf seine Weise. Und er sammelte diese erfüllenden Momente des finalen und sinnlosen Einfallsreichtums und konservierte sie in seinem Hirn.

Ciro Auriemma wurde zu einem Virtuosen in Sachen Mord. Ein Ästhet des Todes. Der Begriff »Killer« wurde ihm nicht gerecht. Wegen seiner blonden Haare, der blauen Augen und des rötlichen Barts nannte man ihn Van Gogh. Aber das war nicht allein der Grund. Beide waren auf ihre Weise begnadete Künstler.

Ciro Auriemma saß an einem weißen Tisch im Besuchszimmer des Sollicciano-Gefängnisses in Florenz. Hinter ihm standen zwei Justizvollzugsbeamte und beobachteten jede seiner Bewegungen. Er galt als extrem gefährlich und hatte nichts zu verlieren, kein Wunder bei seinem Strafregister. Vor ihm saßen der stellvertretende Staatsanwalt Pietro di Felice und Commissario Mauro Crisanti. Nach der Operation »Schutzwall« und den Befragungen der Inhaftierten mussten noch einige Details seiner Aussage geklärt werden. Die Fragen stellte di Felice, der nach all den Jahren im Hintergrund endlich die Hauptrolle spielte.

»Signor Auriemma, wir haben um dieses Gespräch gebeten, weil noch einige Fragen zu klären sind. Sind Sie bereit, sie uns zu beantworten?«

»Aber natürlich, Herr Staatsanwalt, ich stehe zu Ihrer Verfügung.«

»Was die Mittäterschaft von Vincenzo Aprea und Aldo Caterino an den Mordfällen Iafrate und De Lillo angeht, ist alles geklärt. Simone Bongi, der Nachtclubbesitzer, sein Fahrer Hoti Xaier und der Geschäftsmann Antonio Pagani haben bei den Befragungen zugegeben, dass die gegen sie erhobenen Vorwürfe stimmen. Offensichtlich hoffen sie auf Strafminderung, wenn sie alles zugeben. Bruno Lampis, der Werftbesitzer, zieht es hingegen im Moment noch vor zu schweigen.«

»Sehen Sie, Herr Staatsanwalt? Auf mich können Sie sich verlassen. Wann darf ich hier raus und komme in den Zeugenschutz? Hier drin wird es gefährlich für mich. Natürlich bin ich im Hochsicherheitstrakt, aber wer sagt mir, dass ich mich darauf verlassen kann? Wenn sich doch jemand hier einschleicht? Ein fingierter Kronzeuge? Ich fühle mich jedenfalls nicht mehr sicher, Dottore.«

»Wenn der Moment gekommen ist, Signor Auriemma. Es gibt Fristen und Bedingungen zu beachten. In der Zwischenzeit haben wir noch einige zu klärende Fragen.«

»Bitte.«

»Ihre Zugehörigkeit zum Fortino-Clan, zum Beispiel. Die Kollegen in Neapel ordnen Sie dem Settimio-Clan zu, nicht den Fortinos, die nach dem verlorenen Krieg gegen die Secondiglianos keine Rolle mehr spielen würden. Wie erklären Sie sich diesen Widerspruch?«

Ciro Auriemma trug helle Jeans, einen blauen Rollkragenpullover und weiße Turnschuhe. Sein dichter roter Bart war gut gepflegt, die langen blonden Haare waren zu einem Pferdeschwanz zusammengefasst. Er war gerade vierzig geworden und kein Typ, der um eine Antwort verlegen war.

»Herr Staatsanwalt, bei allem Respekt, vielleicht sind Ihre Kollegen aus Neapel nicht richtig informiert. Ich war nie Mitglied im Settimio-Clan. Von denen weiß ich absolut nichts. Aber diese Clan-Geschichte wird auch hochgespielt, besonders von der Polizei. Mitglied in einem Clan zu sein, bedeutet nicht, den anderen für jeden seiner Schritte Rechenschaft ablegen zu müssen. Ich habe einiges auf eigene Kappe gemacht, ohne mich dafür rechtfertigen zu müssen. Dafür stehe ich gerade, ich und die, die bei mir waren.«

Di Felice und Crisanti schauten sich an. Sie wussten genau, dass Van Gogh nicht die Wahrheit sagte, taten aber so, als ob sie ihm glaubten, und fuhren mit der Befragung fort.

»Signor Auriemma, ein weiteres Detail gibt uns Rätsel auf.«

Der Staatsanwalt zog einige Dokumente aus dem Aktenordner, studierte sie aufmerksam und bemerkte: »Sie haben Folgendes ausgesagt: ›Der Kauf von drei Hotels der Anselmi-Gruppe in Montevettolini lag wegen des Anti-Mafia-Dekrets des Präfekten lange auf Eis. Ich hatte eine Million Euro in das Projekt investiert und mich deshalb einem Berater anvertraut, der sein Büro in Valdenza hatte und bekannt dafür war, Geschäfte dieser Art zu einem guten Ende zu bringen. Er hieß Antonio Pagani. Zu diesem Zweck gründete er gemeinsam mit Leuten, die alle ein sauberes Führungszeugnis hatten, eine Gesellschaft. Das Mehrheitskapital stammte von einer Treuhandgesellschaft mit Sitz in Prag, die wiederum von einer luxemburgischen Holding kontrolliert wurde. Die Stellungnahme der extra eingesetzten Expertengruppe aus Staatspolizei, Carabinieri, Finanzpolizei und Kriminalbeamten ließ auf sich warten. Davon hatte Antonio Pagani Wind bekommen, und er wusste auch, dass Commissario Casabona dahintersteckte, der herausgefunden hatte, dass die Treuhandgesell-

schaft in Prag mit einer Gesellschaft identisch war, die man mit der Schwester meiner Frau in Verbindung bringen konnte. Ein Unternehmen, das in der Milchwirtschaft tätig war. Pagani bat Casabona um ein Treffen, um die Sache einvernehmlich zu regeln. Der Commissario gab ihm zu verstehen, dass er uns helfen könnte, aber er wollte direkt mit jemandem sprechen, der ein persönliches Interesse an der Sache hatte, das heißt mit mir ...‹ Erinnern Sie sich, das ausgesagt zu haben?«

»Natürlich, Herr Staatsanwalt. Ich bestätige alles. Worin liegt das Problem?«

»Das Problem liegt darin, dass Ihre Aussage der von Dottor Pagani in Teilen widerspricht. Er hat zwar bestätigt, sich in Ihrem Namen um den Kauf der Hotels gekümmert und die Gesellschaft gegründet zu haben. Und dass Commissario Casabona sich quergestellt hat. Aber er hat geleugnet, jemals direkt mit dem Commissario gesprochen oder das Gespräch vermittelt zu haben, das Ihnen zufolge im Café ›Le giubbe rosse‹ in Florenz stattgefunden hat. Ihre Behauptung, dass Casabona Sie gebeten habe, Romoli zu töten, weil er entdeckt hatte, dass dieser der Geliebte seiner Frau war, und er im Gegenzug bei den Ermittlungen gegen die Gesellschaft in Prag ein Auge zudrücken wollte, erscheint laut Pagani nicht glaubhaft. Er sagt außerdem, dass Casabona eine integre Persönlichkeit sei, die niemals zu solchen Mitteln gegriffen hätte, weshalb eine solche Kontaktaufnahme auch zu riskant gewesen wäre.«

»Ganz offensichtlich hat Dottor Pagani ein schlechtes Gedächtnis. Oder er will nicht gegen die Polizei aussagen. Wer hier die Wahrheit sagt, müssen Sie schon selbst herausfinden. Wenn Sie ihm vertrauen, dann bin ich nicht glaubwürdig. Als Mensch und als Kronzeuge. Denken Sie darüber nach und sagen Sie mir Bescheid. Vielleicht erinnere ich mich dann an zwei

weitere Morde, die ich einige Jahre zuvor verübt habe. Ein Dealer, der ohne meine Erlaubnis in meinem Gebiet Heroin verkauft hat, und der Sohn des Capos eines rivalisierenden Clans. Einzelheiten erzähle ich Ihnen das nächste Mal, falls es ein nächstes Mal gibt. Das hängt ganz von Ihnen ab.«

Er stand auf.

»Ich gehe jetzt, dann können Sie besser nachdenken. Einen schönen Tag noch, Herr Staatsanwalt. Und auch Ihnen, Commissario.«

Dann drehte er sich um und ging, flankiert von den zwei Justizvollzugsbeamten.

26

Die Pressekonferenz, die Pietro Di Felice einberufen hatte, um seine brillante Operation »Schutzwall« der Öffentlichkeit zu präsentieren, überzog mich mit einer so großen Ladung Scheiße, dass nicht mal Herkules, der sogar den Augiasstall ausgemistet hatte, mich davon hätte reinwaschen können. Aber entgegen Murphys Gesetz war das gar nicht so schlecht.

Im Fernsehen und in den Zeitungen hatte man mein Dienstausweisfoto in Uniform veröffentlicht. Das hatte zwei Dinge zur Folge, die letztendlich positiv für mich waren. Zum einen tat die Polizei alles, mich wieder aus dem Scheinwerferlicht zu holen, denn die Angelegenheit warf kein gutes Licht auf die Uniform, die ich trug. Zum anderen richtete sich die Aufmerksamkeit mehr auf die Uniform als auf mein Gesicht. In Zivil würde mich kaum jemand erkennen. Das bedeutete wiederum, dass ich mich, außerhalb der Provinz Valdenza natürlich, wo mich jeder kannte, ziemlich frei bewegen konnte.

Um sicherzugehen, beschloss ich, mich von meinem Kinnbart zu trennen, der mich die letzten zwanzig Jahre lang begleitet hatte, was mich große Überwindung kostete. Aber dieses Opfer erlaubte mir, gemeinsam mit Ispettore Proietti und Ispettore Sarripoli dem Inhaber des Hotels Gaudio im Mugello einige Fragen zu stellen.

Das Hotel lag auf einem Hügel, mit Blick auf den Bilancino-

See, wenige Kilometer vom Fundort von Romolis Leiche entfernt. Es war eine feudale Herberge, die nicht für jeden Geldbeutel gemacht war. Eine ockerfarbene Renaissance-Villa, umgeben von einem mehrere Hektar großen Park. Jeder der fünf Sterne war hochverdient.

Sarripoli, der frühere Gewerkschaftsfunktionär, staunte nicht schlecht. Als wir die Auffahrt nach oben stiegen, kam ihm eine Idee.

»Vielleicht nutze ich die Gelegenheit für einen Deal und hole einen Rabatt für Gewerkschaftsmitglieder raus, falls es nicht schon einen gibt.«

Proietti erstickte seine Hoffnung im Keim.

»Superidee, Emilio. Rede mit dem Direktor, der kommt dir sicher entgegen. Was hältst du von 30 Prozent? Bei deinem Talent zum Feilschen vielleicht sogar 50?«

»Wer weiß ... versuchen kann ich es.«

»Nur zu. Heute Morgen habe ich mir die Preise auf der Webseite angesehen. Wenn du Erfolg hast, kannst du dir mit einem Monatsgehalt ein Wochenende mit deiner Geliebten leisten. Im Moment kostet ein Zimmer pro Person 1300 Euro die Nacht. Das heißt, zwei Gäste für zwei Nächte macht 5200 Euro. Mit einem 50-Prozent-Rabatt kämst du auf 2600.«

Damit hatte Sarripoli nicht gerechnet. Er gab seinen Plan sofort auf.

»Ich verdiene keine 2600 Euro im Monat und habe auch keine Geliebte. Für das Geld gönne ich mir lieber mit der Familie vier Wochen Urlaub am Meer in Mondragone. Plus jeden Tag Büffelmozzarella. Außerdem wimmelt es hier sicher von Stechmucken, wetten?«

Proietti nickte.

Wir betraten das mit Fresken bemalte und mit antiken Möbeln ausgestattete Foyer. Hinter dem Empfangstresen stand ein junger Mann in einem dunkelblauen Anzug und passender Krawatte, auf der das Logo des Hotels prangte. Er brauchte nur wenige Sekunden, um an unserem Auftreten zu erkennen, dass wir keine potenziellen Gäste waren. Als Emilio Sarripoli auch noch in die Schale mit den Bonbons griff, die man als Willkommensgruß für die Gäste aufgestellt hatte, wusste er, dass wir Polizisten waren. Er verzog angewidert das Gesicht, wurde dann aber sofort wieder verbindlich.

»Guten Tag, die Herren, willkommen im Hotel Gaudio. Mein Name ist Lorenzo, was kann ich für Sie tun?«

Ich hielt mich abseits und ließ Proietti sprechen, der seinen Dienstausweis gezückt hatte.

»Wir sind von der Questura in Florenz und ermitteln im Mordfall Marco Romoli, der sich hier in der Nähe vor etwa zehn Tagen zugetragen hat. Wir wissen, dass er hier häufig zu Gast war.«

Er wartete auf die Reaktion. Und er wusste, dass sein Vorgehen gewagt war. Wenn die Kriminalpolizei bereits hier gewesen war, dann hatten wir ein Problem. Die Hoteldirektion könnte in Florenz anrufen, um sich zu vergewissern. Hier gab es überall Kameras, und Mauro Crisanti würde sie sofort erkennen. Mit allen Konsequenzen.

»Ja, natürlich, er war seit Jahren Stammgast. Er arbeitete mehrmals die Woche in der Villa Glori und wohnte bei uns. Eine schreckliche Sache. Er war ein guter Mensch, wir bedauern das sehr. Wir haben Sie schon erwartet, der Direktor wird selbstverständlich alle Ihre Fragen beantworten. Aber nachdem so viel Zeit vergangen ist, haben wir gar nicht mehr mit Ihnen gerechnet.«

Proietti seufzte erleichtert.

Der Rezeptionist fuhr fort: »Aber ich dachte, der Fall sei gelöst? Ist der Mörder nicht dieser Kommissar aus Valdenza? Wie heißt er noch? Casanova?«

Ich tat so, als würde ich mir die Bilder an der Wand anschauen.

»Ja, Casanova«, bestätigte Sarripoli und lutschte ein Bonbon.

»Wir brauchen noch ein paar letzte Informationen, reine Formalität, nur, um die Ermittlungen zu komplettieren«, schaltete sich Proietti ein.

»Natürlich, ich stehe Ihnen zur Verfügung.«

»Wir brauchen eine Liste der Gäste der letzten sechs Monate mit Angabe der Zimmernummern. Außerdem einen Ausdruck der Telefonate, die von Dottor Romolis Zimmer aus geführt wurden. Das ist alles.«

»Sofort.«

Der junge Mann schaute auf den Bildschirm, tippte etwas ein und startete den Drucker.

Ich hätte zu gerne einige Fragen gestellt, aber es war besser, sich zurückzuhalten. Zum Glück schien Proietti meine Gedanken zu lesen und fragte nach einigen Dingen, die ich auch gefragt hätte. »Traf sich Dottor Romoli mit jemandem, wenn er hier war?«

Der junge Mann erstarrte. Von der Direktion hatte er klare Anweisungen zur größtmöglichen Zusammenarbeit erhalten, aber diese Frage rüttelte an seinem Berufsethos. Einem Rezeptionisten eine solche Frage zu stellen, war in etwa so, wie einen Priester nach dem Inhalt einer Beichte zu fragen.

Sarripoli erleichterte ihm die Antwort.

»Lorenzo, komm schon, das bleibt unter uns. Du willst dir

doch keine Anklage wegen Begünstigung einfangen? Wir sprechen hier von Mord, mein Freund.«

Das überzeugte den jungen Mann. »Er wurde oft von Damen begleitet.«

Proietti, der ahnte, dass mich das in Verlegenheit brachte, unterbrach: »Ja, das werden wir der Liste entnehmen. Ich dachte an jemanden von außerhalb.«

»Manchmal aß er mit Kollegen aus der Klinik zu Abend, wir kennen sie fast alle. Oder er trank etwas mit den anderen Gästen.«

»Sonst niemand?«, hakte Sarripoli nach.

Lorenzo dachte einen Moment nach.

»In letzter Zeit wurde er häufig von jemand anderem abgeholt, immer an den Abenden, an denen er allein war. Nach dem Abendessen kam er ins Foyer, wartete eine Weile, dann fuhr ein Auto vor, und er stieg ein.«

»Vielleicht eine Freundin aus der Gegend?«

»Nein, am Steuer saß ein Mann. Er stieg nie aus, aber einmal habe ich seinen Arm aus dem Fenster lehnen sehen. Mir ist seine Uhr aufgefallen, eine Rolex-GMT-Master. Ich habe eine Leidenschaft für Uhren, auch wenn ich mir so eine natürlich nicht leisten kann.«

»Ein seltenes Modell?«, fragte Proietti.

»Ja, ein Sammlerstück.«

»Erinnern Sie sich noch an die Marke des Autos?«

»Nein, tut mir leid. Ein großer dunkler Wagen. Vielleicht ein Audi oder ein Mercedes. Ich weiß nicht. Aber ich erinnere mich noch an etwas anderes, vielleicht hilft Ihnen das weiter.«

Er hielt inne, dann sprach er weiter. »Beim Betrachten der Uhr fiel mir auf, dass der Mann eine Blume auf den Handrücken tätowiert hatte, und fünf Punkte zwischen Daumen und Zeigefinger.«

»Die fünf Punkte der Unterwelt«, brach es aus mir heraus.

Lorenzo bemerkte mich erst jetzt.

»Was sagten Sie?«

»Nichts, ich habe nur laut gedacht«, erwiderte ich.

Der junge Mann fixierte mich.

»Sie kommen mir bekannt vor, haben wir uns schon mal gesehen? Waren Sie bereits Gast in unserem Haus?«

Ich beschloss, das Spiel mitzuspielen.

»Ja, ich habe vor einigen Jahren ein wundervolles Wochenende hier verbracht.«

»Ich hätte wetten können, ich vergesse nie ein Gesicht.«

Proietti griff nach den Ausdrucken und unterbrach: »Gut, Lorenzo, du hast uns sehr geholfen, vielen Dank.«

Sarripoli wandte sich noch einmal an den Rezeptionisten.

»Lorenzo, du weißt, dass alles, was wir hier besprochen haben, absoluter Geheimhaltung unterliegt?«

»Natürlich, machen Sie sich keine Gedanken.«

»Weißt du auch, wie viele Jahre Gefängnis du riskierst, wenn du trotzdem etwas ausplauderst?«

»Nein.«

»Zwanzig.«

Der junge Mann schluckte.

»Ich schweige wie ein Grab.«

»Das ist auch besser für dich.«

Wir gingen durch den Park zum Auto zurück und tauschten unsere Eindrücke aus. Die heißeste Spur war offensichtlich auch die delikateste und betraf indirekt auch mich. Ich versuchte, so professionell wie möglich damit umzugehen, und begann: »Wir müssen rausfinden, mit welchen Frauen Romoli sich im Hotel getroffen hat, was dahintersteckt und wer davon betroffen ist. Denken wir nur an die Grausamkeit, mit der der Mörder auf Romoli losgegangen ist, das spricht für Wut, Hass oder eine andere Form von emotionaler Beteiligung.«

Meine Mitarbeiter nickten, sichtlich erleichtert, dass sie dieses Thema nicht anschneiden mussten.

»Sobald ich im Büro bin, gebe ich Bellini die Gästelisten und die Anrufprotokolle zum Auswerten«, sagte Proietti.

Assistente Andrea Bellini war der Informatikexperte der mobilen Einheit. Er hatte keine entsprechende Ausbildung, sondern war gelernter Vermessungstechniker. Aber wie so oft in der italienischen Verwaltung hatte er die Stelle nicht bekommen, weil er Fachmann war, sondern weil er »am meisten davon verstand«, als die ersten PCs in den Dienststellen der Polizei Einzug gehalten hatten. Danach hatte er sich fortgebildet, Kurse besucht und war inzwischen ein echter Profi darin, sich zwischen den Dutzenden von Datenbanken zu bewegen, auf die man als Ermittler zugreifen konnte. Er war eine Spürnase, die aus der Flut von digitalen Spuren, die jeder von uns im Netz hinterlässt, die wichtigsten herausfiltern konnte.

Als wir wieder im schwarzen Alfa 156 saßen, meinte Sarripoli, der am Steuer saß: »Und der Typ mit der Rolex? Was haltet ihr von ihm?«

»Auch das ist eine Spur, der wir nachgehen sollten. Vielleicht finden wir durch die beiden Tattoos, die Blume und die fünf Punkte, mehr über ihn heraus«, antwortete ich vom Rücksitz aus, wo ich weniger sichtbar war.

»Was hat es denn mit diesen ›fünf Punkten der Unterwelt‹

auf sich?«, wollte Proietti wissen, der nicht wie Sarripoli und ich aus dem Süden kam, und auch nie in Neapel gearbeitet hatte.

»Das sind fünf Punkte, die zwischen Daumen und Zeigefinger auf den Handrücken tätowiert werden. Die vier Punkte des Quadrats stehen für die Gefängnismauern, der Punkt in der Mitte für den Gefangenen. Die Tätowierung ist ein Zeichen, dass man Teil der Organisierten Kriminalität ist, und dass man dafür schon mal gesessen hat.«

»Dann könnte es ein Camorra-Boss sein?«, fragte Proietti.

»Möglich ist es. Aber es kann einfach auch ein Idiot sein, der sich aufspielen will. Wer weiß. Wir müssen den Erkennungsdienst fragen. Sie können jemanden anhand einer Tätowierung identifizieren, wenn er bereits in ihrer Datenbank erfasst wurde.«

»Darum kümmere ich mich«, sagte Proietti.

27

Sie waren frühmorgens zu einem informellen Treffen in Casabonas Versteck zusammengekommen und hatten die Aufgaben verteilt. Sovrintendente Bini und Assistente Giordano hatten die »Drecksarbeit« übernommen, so wie sie es nannten. Sie fuhren nach Livorno, um dort mehr über Bruno Lampis und seinen Betrieb zu erfahren. Casabona wusste sofort, dass die beiden sehr zufrieden mit diesem Auftrag waren, denn dort hatten sie die Gelegenheit, eine richtige Fischsuppe zu essen. Das war immer ein guter Grund für eine Fahrt nach Livorno. Davon abgesehen, waren die beiden die perfekten Kandidaten für diese Aufgabe. Sie hatten in der Anti-Drogen-Einheit gearbeitet und verfügten über gute Kontakte zu den Kollegen vor Ort, und sie kannten sich gut im Hafen aus, weil dort häufig große Drogenlieferungen angekommen waren. Schon damals hatten sie in einem Fall ermittelt, in den Bruno Lampis verwickelt gewesen war.

Vor ihrer Abfahrt verabredete sich Bini mit seinem Kollegen Luca Mariucci zu einem Treffen in der Questura von Livorno.

Sie kamen gegen Mittag dort an, stellten das Auto auf dem großen Parkplatz neben dem imposanten Gebäude aus weißem Marmor ab und meldeten sich beim Pförtner an. Sie brauchten nicht lange, um zu spüren, was für ein Erdbeben die ganze Angelegenheit in den Reihen der Polizei ausgelöst hatte. Der Beamte war sehr distanziert, und als er gesehen hatte, aus welchem Revier sie kamen, wirkte er fast angewidert. Er fragte nach ihrem Ausweis und rief dann Mariucci an.

»Sovrintendente Mariucci? Die aus Valdenza sind hier.«

Dann legte er auf und drehte sich wieder zu ihnen.

»Ganz hinten, dritte Tür rechts. Man erwartet Sie.«

Ciondolo ging auf den Beamten zu und musterte ihn von Kopf bis Fuß. Er wollte gerade etwas sagen, was sicherlich zu einem Eklat geführt hätte, deshalb bremste ihn Bini, bevor er weiteren Schaden anrichten konnte.

»Komm, lass. Man erwartet uns.«

»Was glaubt dieser A…?«

Er zog ihn am Arm.

»Lass es. Willst du rausfliegen, bevor du richtig drin bist?«

Sie drehten dem Beamten, der sie immer noch feindselig anstarrte, den Rücken zu und verließen das Pförtnerhäuschen.

»Stefano, die glauben, wir sind alle korrupt, verdammte Scheiße, käuflich. Hast du gesehen, wie dieser Arsch uns angeschaut hat?«

»Lass es. Du weißt, wie das läuft. Wenn die Gerüchte hochkochen, dann reagieren Arschlöcher eben so. Zum Glück sind sie in der Minderheit.«

In diesem Moment kamen ihnen zwei Streifenpolizisten entgegen. Einer sagte laut zum anderen: »Denen aus Valdenza reißen wir am besten die Anlage aus dem Auto.«

Das sollte wohl ein Scherz sein, aber der Moment war denkbar ungünstig. Ciondolo baute sich drohend vor ihm auf und zischte: »Was war das eben? Sag es mir ins Gesicht, wenn du dich traust.«

Der Beamte versuchte, sich zu entschuldigen.

»Das sollte ein Witz sein. Wie es aussieht, sind wir alle etwas nervös, Kollege.«

Zum Glück tauchte Mariucci auf und zog sie in sein Büro. Er versuchte, seine Gäste zu beruhigen, wobei er ständig das klassische livornesische Füllwort »de« benutzte.

»De, Stefano. Nimm dir das nicht zu Herzen. Die Jungs sind noch unerfahren, sie wissen noch nicht, dass es Dinge gibt, über die man keine Witze macht. Dass das jedem passieren kann, der unseren Job macht.«

»Was wissen die denn von Polizeiarbeit? Kaum im Dienst, tun die schon so, als wüssten sie Bescheid. Die haben keinen Respekt vor dem Alter, und die wissen nicht, was Bescheidenheit bedeutet«, fügte Stefano Bini hinzu.

»De, Schwamm drüber, kommen wir zur Sache. Wie geht es euch?«

»Geht so, Luca. Du weißt ja, was passiert ist.«

Mariucci kam ohne Umschweife zum Punkt. »Was wollt ihr von Bruno Lampis? Die Kriminalpolizei hat ihn im Zuge der Ermittlungen gegen euren Chef verhaftet. Seid ihr da auch beteiligt?«

Bini hatte eine solche Frage schon erwartet und war vorbereitet. Sie durften nicht den Eindruck erwecken, als würden sie sich in die Ermittlungen der Kripo einmischen. Denn sein Kollege war nicht blöd, auf so etwas würde er sich nicht einlassen.

»Um Gottes willen, von denen halten wir uns fern, das ist besser so. Wir müssen noch eine Geschichte klären, die vor der Verhaftung liegt.«

Mariucci musterte ihn zweifelnd.

»Gut, um was geht's? Ich sag euch aber gleich, ich will keinen Ärger, zieht mich da in nichts mit rein. Ich habe genug eigene Probleme.«

»Du kannst beruhigt sein, Luca. Vor etwa einem Monat hat

uns unser kalabrischer Informant gesteckt, dass sie eine Ladung Kokain aus Venezuela erwarten. Hundert Kilo davon wären für sie. Aber dann behauptete unser Freund, das Schiff sei havariert und habe Barcelona anlaufen müssen. Dort habe man alles auf ein anderes Schiff verladen und die Container verwechselt. Und als das Schiff schließlich in Livorno ankam, war da kein Kokain mehr. Koks, adieu. Die Kalabresen sind stinksauer auf den Typen und verlangen, dass er den ganzen Hafen nach der Ladung absucht. Und dieser Typ ist nach den Informationen unseres V-Manns Bruno Lampis. Wir wollen die Kalabresen in flagranti bei der Übergabe der Ladung ertappen und natürlich auch verstehen, was hinter der ganzen Sache steckt. So blöd kann keiner sein, dass er eine Ladung Koks verliert.«

»*Okay. Von der Sache mit den verlorenen Containern haben wir auch schon gehört, es handelt sich um eine Tonne Kokain, die wie vom Erdboden verschluckt ist. Ihr seid nicht die Ersten, die an der Sache dran sind. Andere Abteilungen ermitteln bereits wegen der Adressaten der restlichen Lieferung, die Finanzpolizei, zum Beispiel. Wie es aussieht, gehören zweihundert Kilo davon den Clans aus den neapolitanischen Stadtvierteln Spagnoli und Sanità, vor allem den Fortinos, die im Krieg mit den Secondiglianos auf der Verliererstraße sind und mit dieser Lieferung Geld verdienen wollten, um sich besser zu bewaffnen.*«

Bini und Giordano schauten sich an, während Mariucci weitersprach.

»*Der Vollständigkeit halber: Wir glauben, dass man auf das venezolanische Schiff in Barcelona einen Anschlag verübt hat, wo es geankert hatte, um Proviant aufzunehmen. Deshalb musste alles umgeladen werden. Wir sind schon seit einer ganzen Weile hinter Lampis her gewesen, der durch diese Geschichte ganz schön in der Bredouille war. Er war den ganzen Tag wie ein Verrückter kreuz und quer im Hafen herumgelaufen. Doch dann ist die Kripo uns zuvorgekommen und hat ihn festgenommen. Den Haftbefehl habe ich nicht gelesen, aber es heißt, dass ein Kronzeuge der Camorra ihn beschuldigt hat, die Anlaufstelle für Kokainlieferungen im Hafen zu sein. Der Typ hat ein Riesenchaos losgetreten, und wenn er nicht aufpasst, bringen sie ihn im Knast um.«*

»Verstanden. Unser Informant scheint gut Bescheid zu wissen«, meinte Bini.

»Sieht so aus«, bestätigte Mariucci und fragte dann: »Kannst du mir sicherheitshalber eine Kopie des Haftbefehls machen? Ihr müsst ja etwas Schriftliches haben, wenn euer Chef involviert ist.«

Er bemerkte Ciondolos Stirnrunzeln und fügte hinzu: »Nur für den Fall.«

»Mach dir keine Gedanken, sobald wir wieder in Valdenza sind, schicke ich dir die Kopie zu«, erwiderte Bini. »Danke für die Infos, Luca. Wir sind fertig.«

»Was macht ihr jetzt? Fahrt ihr zurück?«

»Ja, aber vorher machen wir einen Abstecher zum Hafen und essen eine Fischsuppe.«

»Ah, alles andere wäre auch seltsam gewesen. Wartet, ich komme mit, sonst servieren sie euch irgendeinen Dreck.«

Mariucci nahm die Pistole aus der Schublade, steckte sie ins Halfter und verließ mit den Kollegen das Büro.

28

Nach unserem Besuch im Hotel Gaudio beschlossen wir, auch die Villa Glori in Augenschein zu nehmen.

Das Klinikgebäude war eine moderne Stahl-Glas-Konstruktion und lag nur wenige Kilometer vom Hotel entfernt an der alten Straße nach Florenz, die später von der über den Apennin führenden Autostrada del Sole ersetzt worden war.

Dieses Mal wollten wir anders als im Hotel vorgehen, wo wir wahrscheinlich die Ersten gewesen waren, die Erkundigungen über Romoli eingeholt hatten. In der Klinik hatte er als Arzt gearbeitet, dort waren die Ermittler mit Sicherheit schon gewesen. Deshalb wäre eine offizielle Befragung zu gefährlich gewesen, und die Beamten aus Florenz hätten sicher Wind davon bekommen. Deshalb traten wir in Zivil auf, als normale Bürger mit gesundheitlichen Problemen.

Die Rolle des Kranken spielte Proietti, der glaubhafter schien als Sarripoli und ich. Er war spindeldürr, hatte eingefallene Wangen und trug eine dicke Brille, er war die perfekte Besetzung. Wir beide spielten zwei alte Freunde, die ihm zur Seite stehen wollten.

Wir betraten die Halle und gingen zur Rezeption. Ein weiß-blaues Hinweisschild, das als Abstandhalter für die Wartenden diente, informierte über Ziele und Angebote der Klinik:

»Die private Poliklinik Villa Glori ist beim nationalen Gesundheitsdienst (SSN) registriert und arbeitet mit den staatli-

chen Krankenkassen zusammen. Nach den Vorgaben der SSN bieten wir Patienten aus der Region Toskana, aber auch aus anderen Regionen Italiens Diagnostik und Therapie auf höchstem Niveau, verbunden mit dem Ambiente und Komfort eines Hotels.«

Man rühmte sich einer hochtechnisierten Intensivstation mit vier Betten, außerdem mit hundert Betten auf Normalstation, zehn davon zur ambulanten Behandlung. Die Leistungen umfassten Untersuchungen durch Spezialisten, Diagnosen, chirurgische Eingriffe und anschließende Betreuung.

Ich hatte wenig Erfahrung mit Krankenhäusern, aber die Atmosphäre ließ keinen Zweifel: Dies war eines. Allerdings eine Privatklinik und kein öffentliches Krankenhaus, wo man monatelang auf einen Termin bei einem Spezialisten oder ein MRT warten musste. Dazu »*verbunden mit dem Ambiente und Komfort eines Hotels«.*

Die Idee der Privatkliniken kam aus den USA: das Krankenhaus als profitorientiertes Unternehmen, mit Eigenleistungen, die von den Versicherungen übernommen werden, für zusätzliche Leistungen musste man sich privat versichern. Je teurer die private Versicherung, desto besser die Leistungen, dachte ich. Und wer weiß, vielleicht rechneten sie die gleiche Leistung zweimal ab und finanzierten damit teure Diagnosegeräte, für die man extra zahlen musste, wenn man nicht monatelang oder gar jahrelang auf einen Termin warten wollte. Aber ich wischte diese niederschmetternden Gedanken beiseite, ich hatte Wichtigeres zu tun.

Jetzt hatte Proietti seinen Auftritt. Er wandte sich an die junge, gut aussehende Empfangsdame, die eine weiße Bluse mit aufgesticktem Kliniklogo trug, wie es das hotelähnliche

Ambiente verlangte. Sarripoli und ich saßen auf der Wartebank und hörten zu.

Die junge Frau leierte die Willkommensformel herunter, die man ihr im Kommunikationskurs beigebracht hatte. Sie klang kühl wie die Ansage auf einem Anrufbeantworter. Ihr Lächeln war beiläufig, rechtfertigte aber bereits ihr halbes Gehalt.

»Guten Tag, mein Name ist Lisa, und ich heiße Sie im Namen des Teams der Villa-Glori-Klinik herzlich willkommen. Wie kann ich Ihnen helfen?«

Proietti schlüpfte in seine Rolle.

»Vor etwa einem Monat habe ich eine Schwellung der Lymphknoten unter den Achseln bemerkt. Der Arzt meinte, das müsse näher untersucht werden. Die histologische Untersuchung hat ein Hodgkin-Lymphom ergeben. Ein Freund mit dem gleichen Befund meinte, hier würde ein Onkologe arbeiten, der auf diese Krankheit spezialisiert ist. Ich möchte gerne einen Termin bei ihm vereinbaren.«

»Aber natürlich. Der Name des Arztes, bitte.«

»Dottor Marco Romoli.«

Als sie diesen Namen hörte, rührte sich der Mensch hinter der perfekt strahlenden Fassade. Zum ersten Mal zeigte sie eine Gefühlsregung.

»Ich fürchte, das geht nicht. Dottor Romoli arbeitet nicht mehr hier. Er ist leider verstorben.«

Proietti zeigte sich überrascht und bestürzt, als würde er das erste Mal davon hören.

»Aber ... er war doch noch jung. Wie ist das möglich?«

»Die Zeitungen haben darüber berichtet. Er wurde vor etwa zehn Tagen von einem eifersüchtigen Ehemann erschossen, einem Polizeikommissar, wie es aussieht. Ich kann es immer noch nicht begreifen. Ein so wunderbarer Mensch und großartiger Arzt.«

»So hat man ihn mir beschrieben. Er wurde von vielen Patienten hoch geschätzt.«

»Ja, und nicht nur in der Toskana, viele kamen aus anderen Teilen Italiens, vor allem aus dem Süden. Er wurde geschätzt und war über alle Zweifel erhaben. Er hat sogar Patienten anderer Ärzte betreut, bei ihm waren sie in besten Händen.«

»Tatsächlich?«

»Ja, er hat sogar Hausbesuche gemacht, um die Chemotherapie dieser Patienten persönlich zu überwachen.«

Als der jungen Frau klar wurde, dass die Warteschlange hinter Proietti immer länger wurde, zeigte sie wieder ihr professionelles Gesicht.

»Aber wir haben hier Kollegen, die ebenso gut auf diesem Gebiet sind. Wenn Sie möchten, kann ich Ihnen einen Termin bei Dottor Manzo oder Dottoressa Ficarra machen, beide sind renommierte Onkologen.«

»Ich möchte gerne darüber nachdenken, vielleicht komme ich darauf zurück. Ich bin jetzt ein bisschen verwirrt, ich wollte zu Romoli.«

»Wie Sie wünschen. Einen schönen Tag noch, Signore.«

Sie lächelte.

29

Der Bus begann seine Runde um 18 Uhr, wie jeden Abend. Er fuhr die verschiedenen Quartiere ab, wo die Mädchen wohnten, wie ein Schulbus. Die meisten hatten einen Namen, der auf »ana« oder »ina« endete: Diana, Tatiana, Swetlana, Oksana, Irina, Alina, Karina. Der Fahrer hieß Rudy und liebte seine Arbeit, er hätte nicht mal Geld dafür verlangt. Er war jedes Mal fasziniert, wenn er sie beim Einsteigen beobachtete. Alle waren jung, attraktiv, trugen freizügige Kleidung, die Schminke, das Parfüm, das gehörte alles zum Job. Es waren Waffen, um die meist älteren Gäste des Nachtclubs zu betören und in den Bann zu ziehen. »Bestellst du mir ein Glas?« Champagnerkorken knallten. Wieder ein paar Scheine, die man nach Hause schicken konnte. Mit einem Korken konnte die Familie eine ganze Woche überleben. Diesen Krieg mussten sie auf jeden Fall gewinnen. Jeden verdammten Abend.

Rudy war so etwas wie das Maskottchen des Lokals, er machte ihnen Mut und motivierte sie, für jede hatte er ein Kompliment parat: »Du bist wunderschön ... wie eine Blume ... ein Püppchen, heute Abend machst du sie alle verrückt.«

Der Bus blieb vor dem Nachtclub »L'anatra pazza« in Barberino stehen, die Mädchen stiegen aus. Bini und Ciondolo lehnten an ihrem Dienstwagen und genossen den Anblick. Nach der Rückkehr aus Livorno hatten sie im Büro in Valdenza die obligatorischen Berichte geschrieben und gewartet. Sie mussten den richtigen Moment erwischen. Früher zu kommen, hätte wenig Sinn gehabt.

Der Besitzer des Clubs, Simone Bongi, und sein Leibwächter Hoti Xaier waren noch im Knasturlaub, doch das Etablissement hatte trotzdem geöffnet. »The show must go on«, sagte man im Zirkus, wenn ein Artist bei seiner Nummer stürzte. Die anderen versuchten dann, den Unfall zu überspielen. Denn die Vorstellung musste weitergehen, ohne Rücksicht auf Verluste.

Bini und Ciondolo wurden von einem Geschäftspartner empfangen, Lapo Guidi. Um die fünfzig, übergewichtig und mit einem sympathischen Gesichtsausdruck. Er war hauptberuflich beim Nationalen Versicherungsinstitut gegen Arbeitsunfälle angestellt und hatte in den Club mehr aus Leidenschaft investiert, als dass er sich große Einkünfte erhoffte. Er mochte diese Welt und alles, was damit zusammenhing. Hier fühlte er sich seinem großen Idol, dem Schauspieler und Sänger Franco Califano, näher. Zwar hatte ihm die Natur nicht die Statur und auch nicht das Charisma des »Kalifen« geschenkt, aber er wirkte freundlich. Das musste reichen.

Die beiden Polizisten folgten den Mädchen und betraten den Nachtclub. Bini verlangte den Geschäftsführer und zeigte seinen Dienstausweis. Lapo Guidi reagierte auf die in diesen Kreisen übliche Weise: höflich, verbindlich, kooperationsbereit. Er bot ihm etwas zu trinken an, was Bini natürlich ablehnte. Nach diesem Vorgeplänkel ging der Dicke zu seinem Büro, die Polizisten folgten ihm.

»Wenn man uns in der Öffentlichkeit genauso behandeln würde wie in den Nachtclubs, dann wäre die Welt ein perfekter Ort«, meinte Ciondolo leise.

»Stimmt, und wir säßen alle im Knast. Also Schluss jetzt, red keinen Unsinn.«

Guidi setzte sich hinter den Schreibtisch und bat seine Gäste, ebenfalls Platz zu nehmen. Bini setzte sich, während Giordano stehen blieb und wie üblich auf den Füßen nach vorne und hinten wippte. Guidi zog eine Zigarette aus der Packung und steckte sie sich in den Mund.

»Stört es euch, wenn ich rauche?«

»Ja«, sagte Bini.

Er steckte die Zigarette ohne Kommentar in die Packung zurück.

»Was führt euch hierher? Ich habe euch noch nie gesehen!«

»Wir dich auch nicht. Deshalb fragen wir uns, wer du bist. Hast du Simones und Hotis Platz eingenommen? Oder bist du nur ihr Platzhalter, bis sie zurück sind? Wenn dem so ist, dann wirst du noch eine Weile auf sie warten müssen«, erwiderte Ciondolo betont aggressiv.

»Es sei denn, er entscheidet sich, den beiden ein wenig Gesellschaft zu leisten«, meinte Bini an seinen Kollegen gewandt.

Ciondolo nickte: »Stimmt.«

Lapo begann, unruhig auf dem Stuhl hin und her zu rutschen. Diese beiden gefielen ihm gar nicht. Wie sollte er sich verhalten? Er hoffte, dass er jetzt zweierlei erreichen konnte: Sie sollten sich auf keinen Fall aufregen und so schnell wie möglich wieder verschwinden. Er musste sich um den Club kümmern.

»Ich bin einer von Simones Geschäftspartnern. Damit der Club nicht schließen muss und wir unser Personal nicht auf die Straße setzen müssen, springe ich in der Zwischenzeit für ihn ein. Aber selbstverständlich bin ich für euch da. Was kann ich tun?«

»Ganz ruhig, man merkt sofort, dass du ein guter Mensch bist und unverschuldet in diese Situation reingerutscht bist. Dieser Freund hat deinen Simone ziemlich clever reingelegt.«

Lapo biss sofort an.

»Schöner Freund, von wegen!«

»Sicher, das sagst du jetzt. Aber er war doch ziemlich häufig hier, oder?«, bohrte Bini nach.

»Das stimmt, ich habe ihn hin und wieder gesehen, aber ich hatte nichts mit ihm zu tun. Simone hat ihn mir nicht vorgestellt, wir haben uns gegrüßt, wenn wir uns gesehen haben, mehr nicht.« Er flüsterte: »Ihr kommt aus der Toskana, oder?«, um das Thema zu wechseln. Es klang, als wolle er sich mit ihnen verbünden.

»Klar, sieht man das nicht, Klugscheißer?«, gab Ciondolo zurück.

»Dann kann ich es euch ja verraten. Diese Neapolitaner habe ich noch nie gemocht. Das sind alles Verbrecher, ich habe Simone gewarnt. Dieser Typ hatte ein verschlagenes Gesicht. Auf seiner Stirn stand Camorra, das habe ich gleich gesehen.«

»Kam er allein?«, wollte Bini wissen.

»Manchmal, manchmal hatte er Freunde dabei.«

»Freunde? Auch Neapolitaner?«

»Ja, aber nicht nur. Ich habe ihn auch mit Leuten von hier aus der Gegend gesehen. Leute mit Stil. Er zeigte, was er hatte, an Geld fehlte es ihm nicht. Er war stets gut gekleidet, bestellte die teuersten Getränke.«

»Frauen?«, fragte Ciondolo.

»Er hatte eine Schwäche für Irina, die ist schon seit ein paar Jahren hier. Sie sind befreundet. Manchmal sind sie zusammen weggegangen.«

»Zahlte er?«, bohrte Bini weiter.

Lapo, der sich gerade etwas entspannt hatte, geriet wieder in Panik.

»Nein, nein, Simone nimmt kein Geld von Gästen, die mit

unseren Mädchen ausgehen. Hier gibt es keine Prostitution. Das ist ein Nachtclub mit dreißigjähriger Tradition, wir sind seriöse Geschäftsleute.«

»Tatsächlich?«, spottete Ciondolo. »Und warum sitzen die beiden dann in Sollicciano? Weil sie seriöse Geschäftsleute sind?«

Bini versuchte, den Faden wieder aufzunehmen.

»Hör mal, Lapo. Können wir mit Irina sprechen?«

Lapo nickte, er witterte die Chance, sie danach loszuwerden. Er verließ das Büro und kam kurze Zeit später mit einer auffälligen blonden Schönheit wieder, die im Stil der 1980er gekleidet war. Das Stück Stoff, das um ihre festen, runden Hüften gewickelt war, sollte sich wohl Rock nennen. Er schob sie ins Büro und wollte gehen, doch Bini hielt ihn zurück.

»Lapo, wo du gerade hier bist, tu mir doch bitte einen Gefallen und speichere auf diesem USB-Stick die Aufnahmen dieser Hightech-Kamera, die ihr da im Eingang installiert habt. Das macht dir doch nichts aus, oder?«

Der Geschäftsführer murmelte etwas von Datenschutz.

»Ganz ruhig, mein Freund, wir sind die Polizei und nicht Fähnlein Fieselschweif«, bügelte Ciondolo ab. Lapo nickte und schloss die Tür hinter sich.

Die Frau setzte sich auf die Schreibtischplatte. Ihre Augen waren so blau wie das Meer bei Cilento.

»Was kann ich für euch tun?«, fragte sie mit gespielter Naivität.

»Was du für uns tun kannst? Sicher einiges, aber leider haben wir nur einen einzigen Wunsch, du sollst auf ein paar Fragen antworten«, erwiderte Bini.

»Über was?«

»Über Ciro, deinen neapolitanischen Freund.«

Irina wusste sofort, um wen es ging.

»Man hat ihn verhaftet, und er hat dafür gesorgt, dass auch Simone und Hoti festgenommen wurden, das kann ich euch sagen. Aber das wissen alle anderen auch.«

»Aber du bist mit ihm ausgegangen, die anderen nicht.«

»Aber nur fünf, sechs Mal, mehr nicht.«

»Und wohin?«

»Er hatte eine Villa oberhalb des Sees, da waren wir beim ersten Mal. Sonst waren wir in einem Hotel an der Autobahnausfahrt.«

»Warum? Ist er verheiratet?«

»Keine Ahnung. Er meinte nur, dass wir nicht in die Villa könnten und ins Hotel müssten. Und er hat mich nicht bezahlt, wenn ihr das wissen wollt. Er hat mir Geschenke gemacht, einen Ring, eine Kette, eine Uhr. Aber bezahlt hat er mich nicht. Ich bin keine Nutte.«

»Kein Problem, Irina. Ob er dich bezahlt hat oder nicht, interessiert uns überhaupt nicht. Sag uns nur, wo diese Villa ist.«

»Ich weiß es nicht genau, er ist gefahren, und es war dunkel. Ich weiß nur, dass der Eingang von zwei Säulen flankiert war, darüber stand ›Villa Beatrice‹.«

»Das reicht uns, du warst sehr zuvorkommend«, sagte Bini.

Die beiden blieben allein im Büro sitzen.

»Was meinst du? Gehen wir?«, fragte Bini.

»Ich denke schon. Mehr kriegen wir nicht raus. Wir machen einen Abstecher zur Autobahnraststätte, ich brauche ein Tonic Water, die Fischsuppe spricht noch mit mir«, antwortete Ciondolo.

»Was redest du denn da? Du hast doch kaum was gegessen«, meinte Bini zu seinem zaundürren Freund, der immer in Bewegung war.

»Doch, doch. Sie war ganz schön schwer, aber das hast du gar nicht gemerkt, dein Magen ist ein Betonmischer.«

Bini lachte: »Betonmischer, was für ein Quatsch. Das habe ich ja noch nie gehört. Die Raststätte muss warten, wir machen zwar einen Abstecher, aber ins Hinterland und suchen diese Villa Beatrice.«

»Bis wir die gefunden haben, ist es wieder hell.«

»Ach was, wir sind doch nicht in Los Angeles. So viele Villen gibt's hier nicht.«

Sie verließen das Lokal, ohne nach rechts und links zu sehen.

30

Die Familie ist ein Ort der Seele, sie wohnt dort im Verborgenen, tief innen drin. Sie braucht nicht zwangsläufig eine körperliche Präsenz. Sie ermöglicht es, die Welt wahrzunehmen und sich als Teil der Welt zu fühlen. Sie ist der Unterschied zwischen der kalten, düsteren Einsamkeit und einer Reise zu einem gemeinsamen Ziel. Sie bleibt dir, wenn du alles andere verlierst. Sie ist eine Schachtel, die man öffnen kann, um zu sehen, ob sich etwas darin befindet, das dir helfen kann zu überleben. Manchmal ist sie ein Halt, der dich davor retten kann, in den Abgrund zu stürzen, manchmal ist sie aber auch nur eine Illusion, die beim ersten Windstoß verschwindet. Die Familie ist Liebe, wichtig und unbewusst, kann aber auch Hass und Groll sein. Sie ist ein Baum mit guten oder giftigen Früchten, das hängt davon ab, wo er verwurzelt ist und wie man ihn im Laufe der Zeit gepflegt hat. Die Familie ist alles oder nichts. Zu Unrecht, zu Recht oder einfach zum Glück.

Ich hatte Glück. Vielleicht war es auch Können, keine Ahnung. Ich hatte die Schachtel geöffnet und etwas darin gefunden, was für mich hilfreich war. Alessandro und Chiara saßen neben mir auf der Bank unter der Trauerweide, im Park der Villa Puccini. Ihre Mutter hatte ihnen geraten, »Großmutter zu besuchen«, und über Proietti hatten sie mich informiert, wann sie kommen würden. Francesca war so feinfühlig gewesen, nicht an dem Treffen teilzunehmen, und das war gut so. Zwischen uns waren noch so viele Fragen offen, und die noch nicht verarbeitete Bitterkeit würde diesen Moment belasten.

Die »Kinder«, wie ich sie nannte, weil es mir schwerfiel, zu akzeptieren, dass sie inzwischen erwachsen waren, hatten in der Hektik ihres Alltags die Pause-Taste gedrückt und nach innen geschaut. Sie hatten dort meinen Schmerz gefunden und wollten mir nahe sein, um gegen die Angst anzukämpfen, mich zu verlieren. Die Liebe ist das Wertvollste auf der Welt, doch genau wie der Luft schenken wir auch der Liebe zu wenig Aufmerksamkeit und wissen sie erst zu schätzen, wenn wir fast ersticken. Erst dann bemerken wir, wie sehr wir sie brauchen.

Alessandro war aus Gitega zurück, der Hauptstadt von Burundi, wo er an einer humanitären Mission der gemeinnützigen Organisation von Don Angelo teilgenommen hatte. Chiara hatte sich ein paar Tage freigenommen. Nachdem ich auf die beiden zugegangen war, musste ich sie nur in den Arm nehmen. Damit war alles gesagt. Das Wichtigste. Die Worte danach waren nur Zugaben, eine Chronik von Marginalien, die man besser wieder vergaß.

Ich versuchte, sie zu beruhigen, wie das jeder andere Vater an meiner Stelle auch gemacht hätte. Obwohl mir bei ihrem Anblick bewusst geworden war, dass sie nicht mehr die Kinder waren, mit denen ich so oft in den Park gegangen war, damals, als die Welt noch in Ordnung war. Alessandro war als Junkie durch die Hölle der Heroinsucht gegangen, er hatte verzweifelt gekämpft und gewonnen. Dann hatte er sich in den Dienst anderer gestellt und sich um die Ärmsten der Armen gekümmert, dort, wo das Leben seine grausamste Seite zeigte. Chiara war eine selbstbewusste junge

Frau, die gradlinig ihren Weg ging, ihre Träume verwirklichte und sich von nichts und niemandem aufhalten ließ. Ich war stolz auf die beiden. Ich schaute sie an und hatte die verrückte Vorstellung, wie ich meinen Anklägern zurief: Habt ihr meine Kinder gesehen? Glaubt ihr, dass ihr mir etwas antun könnt, wenn ich zwei solche Kinder habe?

Einen Moment lang musste ich bei diesem Gedanken lächeln, dann verabschiedete ich mich von ihm und wandte mich an Alessandro und Chiara.

»Ich gehe davon aus, dass ihr Bescheid wisst. Ich habe dem, was euch Mama gesagt hat, wenig hinzuzufügen. Man hat mich reingelegt. Man hat einen abartigen Mechanismus in Gang gesetzt, und ich bin hineingeraten. Das ist nicht das erste Mal, dass so etwas passiert, auch nicht bei Menschen wie mir. Jemand sagt etwas, die Kugel beginnt zu rollen, derjenige, der sie aufhalten könnte, tut es nicht, aus Absicht, aus Feigheit oder aus Neid, und dann wirft sie alles um, was sie auf ihrem Weg findet. Eine uralte Geschichte, so alt wie die Menschheit. Im Grunde sind wir alle Nachkommen Kains. Was können wir da erwarten? Aber ich komme da raus. Auch dieses Mal, da könnt ihr sicher sein.«

Die beiden nickten. Dann kam die Pragmatikerin Chiara sofort zur Sache.

»Wir haben deine Verteidigung Avvocato Giuliani übertragen, den kennst du ja. Er hat die Akten gelesen und ist guter Dinge. Er meinte, man hätte aus den Aussagen des Kronzeugen keine nachvollziehbaren Beweise gegen dich ableiten können, man hätte noch nicht mal überprüft, ob dein Handy in der entsprechenden Zone eingeloggt war. Und er ist im Besitz von Informationen, die dich komplett entlasten können. Was das genau ist, darfst du mich nicht fragen, das hat er mir auch nicht gesagt. Er könne seine Quelle nicht preisgeben. Er hat bereits die Überprüfung der Maßnahmen beantragt, die in die Wege geleitet worden sind, und hält es für sehr wahrscheinlich, dass der Haftbefehl gegen dich aufgehoben wird.«

»Er hat auch gesagt, dass sie dir aus deiner Flucht keinen Strick drehen können, weil du nichts von der Anklage wusstest. Du konntest von den Anschuldigungen gegen dich an diesem Morgen keine Kenntnis gehabt haben«, fügte Alessandro hinzu. »Aber du hast das gewusst, das war Absicht, oder?«

Ich wechselte das Thema, um nicht antworten zu müssen. Ich schämte mich fast ein bisschen, das Gesetz so geschickt zu meinen Gunsten ausgelegt zu haben.

»Wie geht es Snaus?«, fragte ich. Unsere Schäferhündin war ein gleichberechtigtes Familienmitglied, sie fehlte mir. Ich wünschte mir, sie wäre hier.

»Sie vermisst dich, Papa. Aber als sie Alessandro und mich gesehen hat, hätte sie beinah der Schlag getroffen. Sie ist fast verrückt geworden vor Freude ...«, antwortete Chiara.

Mir fiel ein Streifenwagen auf, der langsam den Park umrundete, ich schlug den Mantelkragen hoch und drückte mich tiefer in die Bank. Den schmalen Weg, der zu unserer Bank führte, konnte der Wagen nicht entlangfahren, aber ich wollte kein Risiko eingehen.

Ich wartete, bis sie weg waren.

Dann verabschiedete ich mich von meinen Kindern und versprach noch einmal, dass alles bald vorbei sein würde. Danach ging ich raschen Schritts und mit gesenktem Kopf davon. Wie ein Dieb, der sich nach einem Einbruch davonschleicht.

Es war eine Erniedrigung, vor allem vor ihnen. Ich hatte ihnen beigebracht, dass Ehrlichkeit einer der wichtigsten Werte überhaupt ist, denn dann kannst du hocherhobenen Hauptes durchs Leben gehen. Ich hatte mich immer bemüht, mit gutem Beispiel voranzugehen, aber an diesem Tag fühlte ich zum ersten Mal, dass ich als Vater überfordert war.

31

Der verlassene Bahnhof an der Porrettana-Bahnstrecke war unsere Operationsbasis geworden. Eine Art Außenstelle der mobilen Einsatztruppe Valdenza. Dort trafen wir uns am folgenden Morgen, um die Beweise und Indizien zusammenzutragen, die wir gefunden hatten.

Ich begann, diesen Ort zu mögen, er strahlte Frieden und Harmonie aus. Zwischen den angerosteten Gleisen wuchs das Gras, der Bahnhof kam mir vor wie ein Relikt der Vergangenheit. Männer mit gezwirbelten Backenbärten im Cutaway, auf dem Kopf einen Zylinder und in der Hand einen Stock mit Elfenbeinknauf. Frauen in engen Korsetts, mit rot geschminkten Wangen unter den federgeschmückten Hüten. Kinder in kurzen Hosen und Strümpfen bis zu den Knien. Wenn ich die Augen schloss, konnte ich ihre Stimmen hören und die Wolken der Dampflokomotive sehen, die sich den Berg hochschraubte.

Proietti, Sarripoli, Bini und Ciondolo kamen gegen elf, nachdem sie ihre letzten Recherchen abgeschlossen hatten. Draußen war es kalt, aber Sarripolis Ofen wärmte den kleinen Raum ordentlich durch.

Ciondolo hatte für das Frühstück gesorgt: Kaffee und ofenfrische Cialde, ein rundes Mürbeteiggebäck, typisch für Montevettolini, das in der ersten Hälfte des 20. Jahrhunderts nur von speziellen Konditoren der Stadt handgefertigt wurde.

»Das ist schon was anderes als diese eingefrorenen, vorgebackenen Cornetti«, meinte Ciondolo, während er die Verpackung öffnete und sich der köstliche Duft im Raum ausbreitete.

Sarripoli tat so, als ginge ihn dieser dezente Hinweis gar nichts an. Er schwieg und war der Erste, der sich eine Cialda nahm, um noch glaubhafter zu sein.

Es lag eine seltsame Stimmung in der Luft, vor allem Proietti brannte darauf, endlich anzufangen. Ohne mir die Zeit zu geben, meinen Kaffee auszutrinken, hielt er mir die Fotokopie eines Fahndungsfotos hin. Ich betrachtete die Person aufmerksam, aber sie sagte mir nichts.

»Wer ist das?«

»Erkennst du ihn nicht? Das ist der Mann, den du angeheuert hast, um Marco Romoli zu töten.«

»Dann ist das Ciro Auriemma?«

»Ganz genau.«

Er hielt mir ein zweites Foto hin.

»Und das ist das Tattoo, das er auf der linken Hand hat, die fünf Punkte der Unterwelt und eine schwarze Tulpe. Er hat nicht umsonst den Spitznamen Van Gogh. Die Kollegen der Spurensicherung haben gute Arbeit geleistet, Trimboli hat sich richtig angestrengt.«

»Warte, warte … dann war es Ciro Auriemma, der Romoli abends im Hotel abgeholt hat, in diesem großen, dunklen Auto?«, fragte ich.

»Wie es scheint, ja. Ich würde ausschließen, dass es jemand anders gewesen ist, der mit der gleichen Tätowierung zur gleichen Zeit mit Auriemma am gleichen Ort war.«

Das war tatsächlich die einzige plausible Erklärung, selbst wenn man noch so skeptisch war. Ciro Auriemma, der Kronzeuge, der mich des Mordes an Marco Romoli beschuldigt hatte, kannte den Arzt in Wirklichkeit gut und traf sich sogar mit ihm.

»Warum?« Diese Frage drängte sich mir instinktiv auf.

»Warum was?«

»Warum haben sie sich getroffen? Waren sie befreundet? Hatten sie gemeinsame Interessen? Was war das für eine Beziehung zwischen den beiden?«

Proietti zuckte mit den Schultern. »Was weiß ich?«, gab er mit sanfter Stimme zu.

»Entschuldige, Fabio, ich habe dich nicht gefragt, sondern laut gedacht. Ihr habt großartige Arbeit geleistet, und mir ist klar, dass wir noch nicht alles wissen können, in dieser Kürze und unter diesen Umständen. Erst einmal müssen wir herausfinden, warum sich die beiden getroffen haben«, beschwichtigte ich ihn und fragte dann: »Habt ihr mehr über Auriemma herausgefunden?«

»Ich habe mit einem ehemaligen Inspektor der Abteilung Organisiertes Verbrechen bei der mobilen Einheit in Neapel gesprochen. Er hat die Organisation aller kriminellen Gruppen im Kopf, und er hatte keinen Zweifel: Ciro Auriemma gehörte zum Settimio-Clan. Und er ist einer der Vertrauensmänner von Gaetano Surace, Gaetano *capa e' fierr*, der seit mehr als zwanzig Jahren auf der Flucht ist.«

»Aber in den Unterlagen steht, dass Auriemma zu den Fortinos gehört, und tatsächlich hat er kein Mitglied der Settimios der Mittäterschaft beschuldigt«, gab ich zu bedenken, immerhin hatte ich die Nacht damit verbracht, die Akten zu lesen.

»Ich weiß, deshalb halten die Kollegen aus Neapel die Aussage auch für falsch. Die Neapolitaner meinen, dass Van

Gogh ein paar Dinge vermischt hat, um das Beste aus seiner Kronzeugenschaft herauszuholen. Auch, weil er keine Alternativen hat, schließlich ist er zu mehrmals lebenslänglich verurteilt.«

Sarripoli biss in seine zweite Cialda und begann zu kauen. Keiner sagte ein Wort, auch Ciondolo wartete ab.

»Und was habt ihr Interessantes entdeckt?«, fragte ich Bini.

»Was Livorno angeht, sieht die Sache folgendermaßen aus: Bruno Lampis wurde dank Auriemmas Aussagen eingebuchtet, gerade als er versucht hat, das auf wundersame Weise verschwundene Kokain aus Venezuela wiederzufinden, zweihundert Kilo davon waren für die Clans aus Spagnoli und Sanità bestimmt, zu denen auch die Fortinos gehören. Der Rest war für die Kalabresen und weitere, nicht näher benannte Gruppen.«

»Was bedeutet ›wiederzufinden‹?«, fragte ich.

»Das Kokain ist verschwunden. Oder besser gesagt, es ist zwar im Hafen von Livorno angekommen, aber es befindet sich in einem von Hunderten Containern auf dem Schiff, nur wissen sie nicht, in welchem. Das Schiff kam aus Venezuela und wurde in Barcelona Opfer eine Attacke, gerade als es Proviant aufgenommen hat. Deshalb mussten die Container auf ein anderes Schiff umgeladen werden, und zwar in einer anderen Reihenfolge.«

»Heilige Scheiße, was für ein Schlamassel!«, sagte ich.

»Eine Nadel im Heuhaufen«, meinte Sarripoli, der gerne zu jeder Gelegenheit Redewendungen anbrachte.

»Die Angreifer haben den Clans in Neapel und den Kalabresen schwer geschadet. Und wer kümmert sich jetzt um die Ladung, wo Lampis im Gefängnis sitzt?«

»Woher soll ich das wissen? Mit seiner Verhaftung haben sich die Dinge noch mehr verkompliziert«, antwortete Ciondolo.

»Seid ihr im Nachtclub gewesen?«

Bini erwiderte: »Klar. Der Stellvertreter von Simone Bongi war da, der auch Geld in den Club investiert hat. Er hat erzählt, dass Ciro Auriemma oft da gewesen ist und sogar mit Bongi befreundet war. Dann hat der ihn verhaften lassen. Er scheint eines der Mädchen im Club besonders gemocht zu haben, eine gewisse Irina. Sie waren zusammen aus. Einmal hat er sie mit zu einer Villa in der Nähe genommen: die Villa Beatrice. Sonst waren sie in einem Motel an der Autobahnauffahrt.«

»Habt ihr die Villa gefunden?«

»Sicher, wir haben die Adresse. Sie befindet sich etwas abgelegen in der Hügellandschaft am Bilancino-See.«

»*So viele Villen gibt's hier nicht, wir sind doch nicht in Los Angeles*«, imitierte Ciondolo seinen Kollegen. »Bis vier Uhr morgens haben wir gesucht.«

»Gehört die Villa ihm?«, wollte ich wissen.

»Sie gehört einer Immobilienfirma namens ›Verde Casa‹. Offiziell lebt dort niemand, Strom und Gas sind auf einen jungen Mann aus Rimini angemeldet, einen gewissen Patrizio Lubatti, der vor sechs Monaten an einer Überdosis gestorben ist«, sagte Bini.

»Ein Strohmann?«

Er nickte.

»Habt ihr noch etwas anderes entdeckt?«

»Das ist im Moment alles. Wir haben die Videoaufzeichnungen vom Eingang des Nachtclubs beschlagnahmt, sie aber noch nicht ausgewertet.«

»Okay, das war eine gute Idee, die könnten nützlich sein.«
Sarripoli nahm die letzte Cialda vom Tablett, es war seine dritte. Dieses Mal starrten wir ihn alle an. Der Ispettore fühlte sich ertappt und plapperte drauflos, um von seiner Völlerei abzulenken.

»Und wenn er krank war?«

»Wer?«, fragten wir fast gleichzeitig.

»Picasso ... Van Gogh ... wie heißt er noch? Der Killer ... Ich meine, wenn du mich mit einem Mechaniker siehst, denkst du, mein Auto sei kaputt, wenn ich in Begleitung eines Malermeisters bin, denkst du, ich wolle mein Haus streichen lassen, und wenn du mich mit einem Arzt siehst, dann denkst du, ich sei krank.«

Allgemeine Verblüffung machte sich breit, wir brauchten eine Weile, um den Hintergrund seiner Schlussfolgerungen zu verstehen. Es musste um das Treffen zwischen Romoli und Auriemma gehen. Das klang logisch, eine von Sarripolis typischen Intuitionen. Er behielt immer einen frischen Blick, er bemerkte das Offensichtliche, das wir übersahen. Ich musste zugeben, dass er recht hatte.

»Kann durchaus sein. Marco Romoli war ein hochgeschätzter Onkologe. Hat Auriemma deshalb mit ihm Kontakt aufgenommen, weil er oder eine ihm nahestehende Person ärztlichen Beistand brauchte? Zum Beispiel jemand aus der Villa, die ihm zur Verfügung stand. Auch das muss untersucht werden.«

»Ich kümmere mich darum«, sagte Proietti. Dann fügte er hinzu: »Eins ist klar: Mit Romolis Tod hat Auriemma nichts zu tun. Als der Arzt umgebracht wurde, war er bereits einen Monat im Gefängnis. Er wurde während einer ganz normalen Verkehrskontrolle erwischt, morgens um acht, an der

Kreuzung zwischen der Via della Sciaccheria und der Strada Statale 22 nach Florenz.«

»Die Via della Sciaccheria führt zur Villa Beatrice«, unterbrach ihn Bini.

»Vielleicht kam er von dort«, meinte ich.

Proietti sprach weiter: »Er hatte falsche Papiere, aber die Jungs haben auch die Führerscheinnummer kontrolliert und herausgefunden, dass da was nicht stimmt. Sie brachten ihn auf die Wache, und dank seiner Fingerabdrücke konnten sie seine Identität ermitteln.«

»Die Tatsache, dass er ihn nicht selbst umgebracht hat, bedeutet nichts. Hier geht es um Organisierte Kriminalität, der Vollstrecker ist das eine, der Auftraggeber das andere. Vergessen wir das nicht. Was könnt ihr mir über Antonio Pagani sagen?«

»Den kennst du auch. Er kümmert sich um diese Angelegenheiten, weil er gut dafür bezahlt wird. Er sagt, dass er nur seine Arbeit macht und sich nicht um das frühere Leben derjenigen kümmert, die ihm ihre finanziellen Interessen anvertrauen. Aber immerhin hat er Ciro Auriemma widersprochen. Er hat bestritten, dich getroffen zu haben, um das Verbot der Anti-Mafia-Kommission gegen die Gesellschaft aus der Welt zu schaffen, die die drei Hotels der Anselmi-Gruppe in Montevettolini kaufen wollte. Außerdem leugnet er, dass du verlangt hättest, direkt mit dem Auftraggeber zu sprechen, um von ihm einen Gefallen zu erbitten.«

»Dann gibt es ja doch noch jemanden, der die Wahrheit sagt. Das wird mir helfen, wenn sie meinen Haftbefehl erneut prüfen«, meinte ich sarkastisch.

»Apropos Prüfung, Francesca hat Avvocato Giuliano beauftragt. Ich habe mir erlaubt, ihm eine Kopie der Informationen zukommen zu lassen, die mir Barbara Melani gegeben hat, besonders den Teil, wo sie bestätigt, dass du Mittwochnacht bei ihr gewesen bist. Das wird sehr hilfreich sein. Natürlich habe ich ihm gesagt, dass Francesca nicht unbedingt wissen muss, woher die Informationen stammen. Außerdem ist die Verhandlung nicht öffentlich.«

Das wusste ich zwar schon, aber ich verriet es ihm nicht und bedankte mich. Ich spürte eine gewisse Scham, doch wenn ich genauer darüber nachdachte, wurde mir klar, dass das gar nicht nötig war, er kannte ohnehin die intimsten Einzelheiten meines Privatlebens.

Als wir unser Treffen gerade beenden wollten, sprach Bini noch ein anderes Thema an.

»Wir fallen zu sehr auf, Chef. Der Nachtclub war gut besucht, und die Gefahr, dass die Kripo davon Wind bekommt, wird immer größer, immerhin waren wir in ihrem Zuständigkeitsbereich unterwegs. Was sagen wir Crisanti, wenn er uns danach fragt?«

Bini hatte recht. Auch im Hotel Gaudio oder der Villa Glori hätte uns jemand erkennen können. Plötzlich spürte ich ein gewisses Schuldgefühl, meine Männer dermaßen in Gefahr gebracht zu haben.

Zum Glück hatte Sarripoli eine weitere seiner genialen Ideen.

»Wir erwirken bei unserer Staatsanwaltschaft die Einleitung eines weiteren Verfahrens, danach können wir uns frei bewegen und ermitteln.«

»Und welche Möglichkeiten haben wir im Mugello?«, fragte ich, in der Hoffnung, dass er auch darauf eine Antwort haben würde. Stattdessen war es Proietti, der das Ass aus dem Ärmel zog.

»Ich verfolge eine Anzeige gegen Unbekannt, die Pietro Anselmi aufgegeben hat, du weißt, der mit den Hotels. Man hat ihn bedroht und erpresst. Der Fall liegt in den Händen von Staatsanwalt Boccuso. Man könnte das Ganze im Licht der neuen Erkenntnisse noch mal neu aufrollen. Wir könnten sogar einen Durchsuchungsbefehl für die Villa Beatrice bekommen, wenn wir es geschickt anstellen. Falls du einverstanden bist, dann rede ich morgen mit ihm.«

»Natürlich bin ich einverstanden. Das ist eine großartige Idee.«

32

In Valdenza begann die Weihnachtszeit, besonders augenfällig war das auf der Piazza del Duomo zwischen der Cattedrale di San Zeno und der Taufkirche Battistero. Die erhabene Schönheit dieses Ortes mit all seiner Magie genügte, um Trauer und düstere Gedanken zu vertreiben.

Ispettore Proietti blieb einen Moment stehen und betrachtete den Weihnachtsbaum, der vor der Präfektur aufgestellt worden war. Dabei fielen ihm die drei Lokalreporter Agata Troise, Lara Senzi und Pietro Zucconi auf, die dort auf den Präfekten warteten. Er grüßte knapp. Dann betrat er den Palazzo Pretorio aus dem Jahre 1367, in dem heute das Gericht untergebracht war, und ging in Richtung Aufzug. Als er das Schild »Defekt« sah, das dort an der Tür hing, blieb ihm fast das Herz stehen. Er hatte die ganze Nacht an der Vollmacht für den stellvertretenden Staatsanwalt Boccuso bezüglich Pietro Anselmi gesessen und war todmüde. Die Vorstellung, die engen Treppen bis in die Staatsanwaltschaft im dritten Stock hinaufzusteigen, verursachte ihm tiefes Unbehagen. »Das schaffe ich nicht«, sagte er sich, als ihm klar wurde, dass jedes der hohen Stockwerke im altehrwürdigen Palazzo doppelt so viele Treppenstufen hatte wie ein modernes Gebäude. Doch nach kurzer Resignation erinnerte er sich daran, wie wichtig seine Mission war, und er ging weiter.

Giuseppe Boccuso wartete schon auf ihn. Als er den Ispettore schwer atmend auf sich zukommen sah, ging er ihm ent-

gegen und hielt ihm die Tür zu seinem Büro auf, das aussah wie ein Archiv, in jedem Winkel stapelten sich die Akten. Dann bat er ihn, Platz zu nehmen.

»Ein Glas Wasser, Ispettore?«

»Nein, danke, alles gut, es geht schon wieder.«

»Sie hätten mich anrufen und den internen Eingang hinten nehmen können. Dort funktioniert der Aufzug.«

»Daran habe ich keinen Zweifel«, dachte Proietti, aber das behielt er für sich und bedankte sich lediglich.

Der fünfundvierzigjährige Dottor Boccuso war Justizbeamter aus Überzeugung. Er hatte Jura studiert und dann das Bewerbungsverfahren durchlaufen, mit dem festen Ziel, Staatsanwalt zu werden. Seine ersten Erfahrungen hatte er in Sizilien gesammelt, dann war er nach Valdenza versetzt worden und hatte dort eine Familie gegründet. Der kleine Mann hatte eine Nickelbrille, die ihm etwas Intellektuelles verlieh, und trug immer einen dreiteiligen Anzug und Krawatte. Auf den ersten Blick wirkte er sanft, tatsächlich aber war er entschlossen, resolut und kompetent.

Proietti überreichte ihm das Papier, das er unter Berücksichtigung der Aussagen Pietro Anselmis verfasst hatte, und wartete, bis Boccuso alles gelesen hatte, wie ein Schüler, der auf das Ergebnis der Prüfung wartet.

Die Beziehung zwischen der Polizei und der Staatsanwaltschaft ist durch ein empfindliches Gleichgewicht gekennzeichnet, das auf Korrektheit, Loyalität und Respekt der gegenseitigen Aufgaben beruht. Auf dieser Basis kann sich ein Vertrauensverhältnis entwickeln, das die Arbeit beider Seiten erleichtert. Doch wenn die Staatsanwaltschaft bemerkt, dass die Polizei versucht, sie zu beeinflussen, damit sie zu ihren Gunsten Entscheidungen trifft, geht die Balance verloren und es gibt Ärger. Der Bericht, den Proietti vorbereitet hatte, bewegte sich im schmalen Grenzbereich dazwischen. Deshalb war seine Besorgnis durchaus berechtigt.

Boccuso beendete seine Lektüre, legte das Papier auf den Schreibtisch und blickte Proietti einen scheinbar endlosen Moment lang an.

»Wenn ich das richtig verstanden habe, dann haben Sie herausgefunden, dass die Drohanrufe an Pietro Anselmi von einer Mobilfunknummer mit fingiertem Besitzer stammten, die sich irgendwo im Mugello in Funkzellen eingeloggt hat. Genau in der Zone, in der sich eine Villa befindet, die einem schon lange flüchtigen Camorra-Boss gehört. Und dass Pietro Anselmi einige Monate später seine Hotels einer Gesellschaft übertragen hat, die ihren Sitz in Prag hat. Und die Schwägerin ebenjenes Camorra-Bosses hat ebenfalls eine Gesellschaft mit Sitz in Prag. Richtig?«

»Genau, Dottore.«

»Das veranlasst Sie zu der Annahme, dass dieser Mann Pietro Anselmi bedroht hat, um ihn davon zu überzeugen, ihm sein Unternehmen zu überschreiben.«

»Das halten wir für durchaus möglich.«

»Und deshalb beantragen Sie die Durchsuchung der Villa, um das Telefon zu finden, von dem aus die Anrufe getätigt wurden, und gegebenenfalls weitere Indizien?«

Proietti nickte und versuchte, so natürlich wie möglich zu wirken.

»Gut, die Überlegungen haben eine gewisse Logik. Das einzige Problem ist, dass dieser Camorrista, dieser Ciro Auriemma, bereits von der Anti-Mafia-Abteilung in Florenz befragt und der Geldwäsche angeklagt wurde, im Zusammenhang mit dem versuchten Kauf der Hotels von Anselmi.«

»Sicher. Aber nicht wegen der Drohungen und der Erpressung, die dem vorangingen«, präzisierte der Ispettore, betont selbstsicher wie ein Pokerspieler, der zwei Siebenen auf der Hand hat.

»Sie haben recht, Ispettore. Die Durchsuchung kann hilfreich für den Fortgang der Ermittlungen sein, aber Sie wissen auch, dass ich alles nach Florenz an die Abteilung Organisierte Kriminalität berichten muss.«

Proietti sagte nichts. Boccuso wechselte das Thema, denn er wusste, dass das Schweigen eine stumme Zustimmung war.

»Ich habe den Fall verfolgt, in den Commissario Casabona involviert ist. Das hat mich wirklich betroffen gemacht, ich schätze ihn sehr.«

Sonst sagte er nichts. Ispettore Proietti blieb aber nicht verborgen, dass er von seiner Wertschätzung in der Gegenwart und nicht in der Vergangenheit gesprochen hatte. Das war nicht unerheblich. Ein Staatsanwalt gewöhnt sich mit der Zeit daran, seine Worte sorgfältig zu wählen. Seine Gedanken nicht offen auszusprechen, sondern sie zwischen den Zeilen zu verstecken.

Nach diesem nicht zufällig gewählten Abschweifen teilte der Staatsanwalt dem Ispettore seine Entscheidung mit.

»Gut, in einer halben Stunde kommen Sie bei meinem Assistenten vorbei. Dort werden Ihnen der Durchsuchungsbeschluss und die Vollmacht ausgehändigt, die Villa in die Ermittlungen einzubeziehen. Halten Sie mich über alles auf dem Laufenden und seien Sie vorsichtig.«

Proietti stand auf, verabschiedete sich und ging zur Tür.

»Eines habe ich noch vergessen, Ispettore. Es gab einen anonymen Hinweis auf seltsame Aktivitäten rund um den stillgelegten Bahnhof an der Porrettana-Linie. Ich werde Sie *mit den Ermittlungen betrauen, aber das eilt nicht. Fangen Sie damit an, wenn Sie es für angemessen halten.«*

»Selbstverständlich, Dottore, wir werden uns schnellstmöglich darum kümmern.«

33

Proietti und Sarripoli kamen, als es dunkel wurde. Beide waren aufgeregt.

»Pack deine Sachen, Tommaso, du musst hier weg«, sagte Proietti, während Sarripoli die Akten auf dem Tisch stapelte und einpackte.

»Was ist denn los?«, fragte ich überrascht.

»Unsere Anwesenheit ist aufgefallen, jemand hat Anzeige erstattet. Du bist hier nicht mehr sicher.«

»Von wem weißt du das?«

»Von Boccuso.«

»Boccuso?«

»Ja, er hat es mir gesagt, als ich wegen des Durchsuchungsbeschlusses für die Villa Beatrice bei ihm gewesen bin.«

»Warum hat er dich informiert? Weiß er Bescheid? Wie hat er davon erfahren?«

Fabio Proietti wurde ungeduldig.

»Himmelherrgott, Tommaso. Warum, wieso. Keine Ahnung. Die anonyme Anzeige ist direkt an ihn gegangen. Ich habe für diese Ermittlungen auch eine Vollmacht, aber er sagt, es hat keine Eile. Wir können ganz in Ruhe abhauen.«

Ich saß auf dem Bett und schnürte mir die Schuhe zu, die ich ausgezogen hatte, um es mir bequem zu machen.

»Alles gut, Fabio, bleib ganz ruhig, wir gehen ja schon. Kein Grund, sich aufzuregen.«

»Du hast recht. Entschuldige, aber ich mache mir große Sorgen um dich. Wenn sie dich jetzt festnehmen, dann können wir unsere Ermittlungen vergessen, dann haben die Idioten von der Kripo die Partie gewonnen. Und auch wenn Boccuso es nicht offen gesagt hat, ich glaube, er weiß, dass du hier bist. Er hat nämlich auch gesagt, dass er von deinem Fall erfahren hat und dass er dich sehr schätzt. Verstehst du? Er hat gesagt, er ›schätzt dich‹, nicht, er ›hat dich geschätzt‹.«

Es gab keinen Zweifel: Boccuso war auf meiner Seite. Die Ausrichtung war klar. Ich hatte das Gefühl, den Kommentar des verstorbenen Fernsehreporters Nando Martellini zu hören. Auf der einen Seite des Spielfeldes die Kripo Florenz in den blauen Trikots, mit ihrem Kapitän Crisanti und dem Trainer Pietro Di Felice. Der Gegner ist die mobile Kripo-Einheit Valdenza in orangefarbenen Trikots, mit ihrem Kapitän Casabona und dem Trainer Giuseppe Boccuso.

»Okay, das gefällt mir sehr. Aber den Durchsuchungsbeschluss hat er dir gegeben?«, fragte ich nach.

»Natürlich. Aber er hat mir auch zu verstehen gegeben, dass er das Spiel nicht mehr lange in der Hand hat. Wir haben nur noch wenig Zeit, bald muss er der Abteilung Organisierte Kriminalität in Florenz Bericht erstatten.«

»Das kriegen wir hin«, meinte Sarripoli.

Ich stopfte die wenigen Sachen, die ich dabeihatte, in meine Sporttasche, während mich die beiden über den Stand der Dinge unterrichteten.

»Ist Bellini mit seinen Ermittlungen fertig?«, fragte ich.

»Ja, ist er. Romoli war noch mit zwei anderen Frauen im Hotel. Eine Schwester aus dem Krankenhaus in Valdenza, verheiratet. Ihr Mann ist auch Krankenpfleger, er arbeitete auf der gleichen Station wie Romoli, und hatte am Tatabend

Schicht. Die andere war Managerin einer großen Textilfirma in Florenz. Ledig, Karrierefrau. Kein Eifersuchtsmotiv.«

»Und was ist mit den Anruflisten?«

»Er hat das Telefon in seinem Zimmer nie benutzt. Aber eine merkwürdige Sache haben wir gefunden. Bellini hat zwei Tage und zwei Nächte ununterbrochen gearbeitet. Er hat alle Infos über die Hotelgäste der letzten sechs Monate aus unseren Archiven herausgesucht. Da waren einige Schwerstkriminelle dabei, Leute mit dem nötigen Kleingeld. Aber nichts, was man mit Marco Romoli oder Ciro Auriemma in Verbindung bringen könnte.«

»Und?« Ich wollte unbedingt wissen, was die »merkwürdige Sache« war.

»Damit hat sich Bellini nicht zufriedengegeben. Er hat auch die Angaben der Personalausweise überprüft, die an der Rezeption vorgelegt worden sind. Einer war gefälscht, er gehörte zu einem Haufen Ausweise, die auf dem Einwohnermeldeamt in Nola gestohlen worden waren.«

»Der gefälschte Pass, den Ciro Auriemma dabeihatte, als man ihn festgenommen hat?«

»Nein, der nicht. Ciro Auriemma ist vierzig, der Pass, von dem wir sprechen, ist auf einen wesentlich älteren Mann ausgestellt. Die Daten gehören zu einem gewissen Antonio Corcione, geboren vor sechzig Jahren in Afragola. Natürlich stimmt nichts davon.«

»War er ein Stammgast?«

»Nein, er war nur das eine Mal da. Und wie es der Zufall will, war das genau am Tag von Romolis Ermordung.«

»Haben wir eine Kopie des Passes? Vielleicht ist das Foto echt.«

»Leider haben wir nur das Gästebuch mit den Ausweisdaten. Ich weiß nicht, ob an der Rezeption Kopien der Ausweise gemacht werden. Auf jeden Fall haben sie uns keine gegeben.«

»Was meinst du? Ist das alles?«

»Ehrlich gesagt könnte es da noch ein interessantes Detail geben ...«

In diesem Moment hätte ich platzen können.

»Verdammt noch mal, spuck's aus. Muss man dir alles aus der Nase ziehen?«

Proietti war beleidigt, und mir war klar, dass ich es übertrieben hatte. Ich ruderte sofort zurück.

»Entschuldige, Fabio. Aber die Zeit drängt, es ist gefährlich, noch länger hierzubleiben. Wenn du immer nur mit kleinen Häppchen um die Ecke kommst, dann sind wir heute Nacht noch hier. Komm, sei nicht so empfindlich. Was gibt es noch Interessantes?«

»Bellini hat auch die Angaben des falschen Passes von Ciro Auriemma überprüft, die haben ihm die Kollegen aus Florenz zukommen lassen.« Er hielt inne, und ich tat so, als bemerkte ich es nicht, um ihn nicht noch einmal zu verärgern.

»Einen Monat vor seiner Verhaftung hat unser Freund einen Abstecher nach Barcelona gemacht. Er war auf der Passagierliste für einen Flug vom Flughafen Galileo Galilei in Pisa. Rückflug zwei Tage später.«

»Was für ein Zufall, sieh mal an. Ich wette, dass der Hinflug auf den Tag terminiert war, an dem der Anschlag auf das Schiff mit dem Kokain aus Venezuela verübt wurde«, sagte ich.

»Ganz genau.«

Ich stand auf, zog die Jacke über und griff nach der Sporttasche auf dem Tisch, dann hielt ich einen Augenblick inne.

»An was denkst du?«, fragte Sarripoli.

»Endlich beginnt sich das Bild zu klären, Emilio. Wenn die Dinge so gelaufen sind, wie ich annehme, dann kann ich definitiv sagen, dass ich das Opfer einer Vergeltungsaktion bin. Ein Kollateralschaden im Camorra-Krieg.«

»Das musst du erklären.«

»Ganz einfach indem ich die einzelnen Puzzleteile zusammensetze, die wir bis jetzt gesammelt haben. Nach den Informationen der Kollegen aus Neapel ist Ciro Auriemma, auch wenn er das versucht zu leugnen, einer der wichtigsten Männer im Settimio-Clan, der seit Jahren die Camorra in Neapel dominiert. Der Boss des Clans, Gaetano Surace, *capa e' fierr*, ist auf der Flucht. Er erfährt, dass sich die Rivalen aus Spagnoli und Sanità organisieren, um die Vormachtstellung zurückzugewinnen. Und auch, dass sie eine große Ladung Kokain erwarten, um das nötige Geld zu verdienen, damit sie neue Waffen kaufen und Leute anwerben können. Er tut daraufhin das, was ein Kommandant in jedem anderen Krieg auch tun würde: Er schneidet die Versorgungswege der Feinde ab, um die Truppen an der Front zu isolieren. Er beauftragt seine besten Männer, das Schiff in Barcelona zu attackieren. Der Anschlag gelingt. Die Ladung muss umgeladen werden und gelangt nach Livorno, ist dort aber unauffindbar. Jedenfalls auf den ersten Blick. Dann geschieht etwas Unvorhergesehenes: Teils aus Zufall, teils aus Intuition einer Polizeistreife wird Ciro Auriemma festgenommen. Aber er ist ein braver Soldat, einer der besten sogar. Er macht das Beste aus seiner misslichen Lage und denunziert Bruno Lampis, den Einzigen, der mit dem Container in Verbindung gebracht werden könnte. Irgendeine Firma würde den Container finden und die Polizei rufen. Er erzählt, dass Lampis für die Verteilung der Drogenlieferungen im Hafen zuständig ist und auch als Bezugspunkt für andere Lieferungen an seine Leute dient. Um die Zusammenarbeit mit der Polizei noch glaubhafter zu machen und so zum Kronzeugen und damit aus der Haft entlassen zu werden, bringt er Antonio Pagani ins Spiel, den Drahtzieher beim Kauf der Hotels von Pietro Anselmi, sowie Simone Bongi und seinen Rausschmeißer Hoti Xaier. Dann garniert er die Torte mit ein paar Gesinnungsgenossen, die ohnehin schon im Knast sitzen, und die Kirsche ganz obendrauf ist der korrupte Polizeikommissar, der die Gier des ruhmesdurstigen Staatsanwalts Pietro Di Felice befriedigt.«

»Aber woher weiß er, dass du ein Motiv hattest, Marco Romoli umzubringen?«

»Das wird der Arzt ihm selbst gesagt haben, immerhin war eine der Frauen, mit denen er sich vergnügt hat, meine Ex-Frau.«

Die beiden dachten einen Moment nach, dann meinte Proietti: »Das ergibt Sinn.«

Sarripoli, der wie immer pragmatisch dachte, brachte es auf den Punkt: »Ja, aber wer hat denn dann Marco Romoli umgebracht und warum?«

Ich antwortete spontan: »Die selbst waren das, Emilio. Nach der Verhaftung von Ciro Auriemma. Vielleicht fürchteten sie, dass Van Gogh etwas Wichtiges gewusst oder gesehen hatte.«

»Zum Beispiel, wer in der Villa Beatrice wohnt. Das muss jemand Wichtiges sein. Warum sonst musste Ciro Auriemma, der ja die Villa zur Verfügung hatte, mit Irina ins Motel?«, fragte Proietti.

»Sind wir sicher, dass dort überhaupt jemand wohnt?«,

fragte ich, um etwaige Spekulationen von vornherein einzudämmen.

»Bini und Giordani haben Gas-, Wasser- und Stromzähler überprüft. Dort wohnt jemand.«

»Und wer könnte das deiner Meinung nach sein?«, fragte mich Sarripoli.

»Ich habe da eine Idee, aber die behalte ich erst mal für mich. Du weißt ja, die Geister, die ich rief ...«

Wir zogen von dem stillgelegten Bahnhof in Fabio Proiettis Ferienhäuschen in den Bergen, das er ab und zu nutzte, um auszuspannen.

Bini und Ciondolo waren mit von der Partie. Außer den Fotos der Villa Beatrice und Wanderkarten brachten sie einige Flaschen Rotwein aus Bolgheri mit, die perfekte Begleitung zu den Wildschweinwürsten und dem Pecorino aus Pienza, die der Hausherr aus der Speisekammer holte.

Wir sprachen über den Durchsuchungsbeschluss und waren uns einig, dass wir nicht in der Villa auftauchen sollten, bevor nicht klar war, wer dort lebte. Wir suchten den ganzen Abend nach einer Lösung, wie wir das herausfinden konnten, ohne uns verdächtig zu machen.

Leicht würde das nicht werden. Die Villa lag ziemlich abgeschieden in den Hügeln. Die wenigen Straßen wurden nur von den Einheimischen genutzt. Ein hoher Zaun und eine dahinterliegende dichte Hecke schützten das Grundstück vor fremden Blicken. Von der Straße aus war kaum etwas zu erkennen.

Wir brauchten einen höher gelegenen Beobachtungspunkt, um eine hochauflösende Kamera zu installieren. Außerdem brauchten wir eine Operationsbasis, mit einem Empfänger für das Videosignal und einem Monitor. Wichtig war, so wenig wie möglich aufzufallen, deshalb beschlossen wir, auch Sovrintendente Michela Paolozzi ins Boot zu holen. Eine Frau wirkt in Situationen wie diesen unauffälliger und vertrauenswürdiger. Ihre Paraderollen sind Ehefrau, Verlobte, Mutter, Hausfrau, Putzfrau oder Pflegerin.

DIE FESTNAHME

34

Als Erstes besorgten wir uns einen Kleinlaster zur Müllentsorgung, und zwar bei der Firma, die für die Müllabfuhr in der Gegend rund um die Villa Beatrice zuständig war. Wir versicherten ihnen, uns einige Tage darum zu kümmern. Da wir alle Grundstücke anfuhren, war das die ideale Tarnung für unser Vorhaben, außerdem konnten wir dabei überprüfen, welche Produkte die Bewohner benutzten, ohne sie erst mühsam trennen zu müssen.

Müll sagt einiges über seine Verursacher aus und ist eine wichtige Informationsquelle, auch wenn er bisweilen stinkt. Deshalb versuchte sich Sarripoli auch mit allen Mitteln zu drücken, als ihm klar wurde, dass er sich um den Biomüll zu kümmern hatte. Am Ende gab er doch nach, immerhin durfte er den Laster fahren. Alternativ hätte er sich sonst für einen Techniker des E-Werks ausgeben müssen, mit allen Konsequenzen, unter anderem den sechs Meter hohen Mast hochzuklettern, um die Videokamera anzubringen, mit der die Villa beobachtet werden sollte. Stattdessen wurden Bini und Ciondolo mit dieser Aufgabe betraut.

Sovrintendente Michela Paolozzi war anfangs verwirrt, freute sich dann aber doch, zur Gruppe zu gehören und mich unterstützen zu können. Ihre Rolle als Mutter spielte sie sehr überzeugend. Sie würde einen Buggy mitnehmen, einen Kindersitz im Auto installieren und als Baby eine alte Puppe ihrer Tochter hineinsetzen.

Ciondolo erinnerte sie mit seinem typischen Fingerspitzengefühl daran, dass sie die vierzig bereits überschritten hatte, aber im Notfall auch auf die Rolle der Großmutter zurückgreifen könnte.

Michela reagierte auf ihre Weise und zischte: »Giordano, fick dich einfach ins Knie.« In meine Richtung gewandt, fügte sie hinzu: »Dottore, es tut mir leid, aber wenn der dabei ist, bin ich raus. Mit diesem Idioten arbeite ich nicht zusammen. Ich werde natürlich kein Wort über die Aktion verlieren.«

Das alte Lied.

Ich erwiderte, dass das nicht in Frage käme, dass ich sie bräuchte, und zwar genau in dieser Rolle, Mutter oder Großmutter, das sei egal.

Wir hatten sogar ein Häuschen in der Nähe der Villa gefunden, von wo aus wir unsere Aktivitäten steuern konnten. Während die Männer im Verborgenen arbeiteten, sollte Michela so oft wie möglich ihr Kind ausfahren.

Nach der Installation der Kamera ging es los.

Das Erste, was wir entdeckten, war eine Frau, die sich hin und wieder im Garten zeigte. Es dauerte nicht lange, bis wir sie als Ciro Auriemmas Frau identifiziert hatten.

Wir waren etwas enttäuscht. Natürlich war das die offensichtlichste Variante. Van Gogh war verheiratet. Kein Wunder, dass er Irina nicht mehr in die Villa brachte, nachdem seine Frau nach Florenz gekommen war. Ein Rückschlag für unsere Ermittlungen, insgeheim hatten wir auf einen anderen Bewohner gehofft.

Die zweite Enttäuschung war, dass die Frau nur wenig Müll produzierte. Der arme Sarripoli fuhr jeden Morgen in seiner Uniform an den Tonnen vor der Villa vorbei, aber sie waren leer. Ganz offensichtlich sammelte Signora Auriemma ihre Abfälle in einem Sack, lud ihn ins Auto und entsorgte ihren Müll woanders.

Unser Häuschen lag von der Villa aus gesehen talwärts. Sollte die Signora also irgendwann das Haus verlassen, musste sie bei uns vorbeikommen. Michela war auf dem Posten, zwei Tage lang saß sie mit der angeschnallten Puppe im Auto, um jederzeit losfahren und ihr folgen zu können.

Die ersten achtundvierzig Stunden der Beschattungsaktion waren ein Desaster an allen Fronten.

Am dritten Tag änderte sich das. Gegen elf Uhr morgens verließ Signora Auriemma endlich das Haus. Sie fuhr nach Barberino, stellte den Wagen in der Nähe der Altstadt ab und ging zu Fuß durch die Fußgängerzone. Bini und Ciondolo hatten sie in gebührendem Abstand verfolgt und nutzten ihre Abwesenheit, um unter ihrem Auto einen GPS-Sender anzubringen. Michela holte den Buggy aus dem Kofferraum, legte die Puppe ihrer Tochter hinein und ging ihr nach.

Signora Auriemma betrat eine Apotheke und hielt sich etwa zehn Minuten dort auf. Dann kaufte sie Brot und Obst, kehrte zum Auto zurück und fuhr nach Hause.

Nachdem sie von Michela informiert worden waren, gingen Bini und Ciondolo in die Apotheke und fragten nach, was Signora Auriemma gekauft hatte.

Die Antwort war überraschend. Es handelte sich um Krebsmedikamente für einen Chemotherapiezyklus, das Rezept war von dem Onkologen Marco Romoli für einen gewissen Luigi Soriano, siebenundsechzig, wohnhaft in Valdenza, ausgestellt worden. Durch die Recherchen von Bellini, Marinelli und Guerra ließ sich klären, dass es Luigi Soriano wirklich gab und er tatsächlich ein Patient von Marco Romoli gewesen war. Er hatte Krebs im Endstadium und lag seit Monaten im Krankenhaus von Valdenza.

Sarripoli hatte mit seiner Vermutung recht gehabt, dass Ciro Auriemma im Hotel Gaudio gewesen war, um Marco Romoli zu kontaktieren, und zwar als Arzt. Aber es ging nicht um ihn selbst, er war kerngesund. Und auch nicht um seine Frau, die ebenfalls nicht krank wirkte. In der Villa musste sich jemand anderes aufhalten, jemand, für den die Medikamente gedacht waren. Ein Patient von Marco Romoli.

Insgeheim wussten wir alle, wer es war, auch wenn wir es lieber nicht laut aussprachen. Doch als wir uns an diesem Tag in unserem Häuschen trafen, legten wir die Fakten auf den Tisch. Es konnte sich nur um Gaetano Surace handeln, den unumstrittenen Boss des Settimio-Clans, seit zwanzig Jahren auf der Flucht. Warum sonst all diese Umwege, um sich behandeln zu lassen? Außerdem würde Ciro Auriemma allein für Gaetano *capa e' fierr* diese Mühe auf sich nehmen. Anders konnte es nicht sein.

Diese Erkenntnis verdeutlichte die Dimension und die Brisanz unserer Mission. Bei einem Scheitern stünden alle gegen uns: die Staatsanwaltschaft, die Vorgesetzten in Rom, die Presse, die Politik. Ich wagte mir nicht einmal vorzustellen, durch welchen Fleischwolf sie uns drehen würden. Und meine Situation war schon jetzt prekär genug.

»Keine falschen Schritte. Ein einziger Fehler kann alles kaputt machen. Ich bitte euch ab jetzt um maximale Konzentration«, sagte ich zu den anderen.

Proietti, der stets tat, was er für richtig hielt, bekam Zweifel, ob der Staatsanwalt den Durchsuchungsbefehl auch ausgestellt hätte, wenn ihm klar gewesen wäre, wer dort untergebracht war. Und er dachte an seine Worte: »Informieren

Sie mich sofort, wenn es etwas Neues gibt.« Deshalb fragte er: »Was machen wir mit Boccuso?«

»Ruf ihn an und berichte, was wir bis jetzt gemacht haben. Sag ihm, dass wir den Verdacht haben, dass sich in der Villa jemand Wichtiges befindet, aber behalte den Namen Surace für dich. Diese Verantwortung bürden wir ihm nicht auf, im Moment ist das nicht nötig.«

Proietti rief ihn in unserer Anwesenheit an und erzählte ihm das, was ich ihm vorgegeben hatte. Das Telefonat verlief ruhig und freundlich. Noch war Boccuso auf unserer Seite. Er hatte seine Meinung nicht geändert. Auf einmal sah mich Proietti durchdringend an, als ob der Staatsanwalt über mich sprechen würde.

Als er das Telefonat beendet hatte, hakte ich nach: »Was sagt Boccuso? Hat er nach mir gefragt?«

»Er hat mich gebeten, dir bei Gelegenheit zu sagen, dass das Überprüfungsgericht getagt und im Eilverfahren über den Haftbefehl gegen dich beraten hat. Das habe ihm ein Kollege aus Florenz erzählt, informell.«

Ich wäre ihm gerne ins Wort gefallen, ich wollte es nicht wissen. Als Pessimist rechnete ich mit schlechten Nachrichten. Zum Glück ließ mir Proietti keine Zeit. »Er ist aufgehoben, herzlich willkommen zurück«, sagte er und strahlte über das ganze Gesicht.

»Olé!«, rief Bini.

»Scheiß auf die Kripo!«, meinte Ciondolo.

Michela ließ sich die Gelegenheit nicht entgehen und umarmte mich. Die Heftigkeit der Umarmung ließ mich vermuten, dass sie schon länger auf eine Gelegenheit wie diese gewartet hatte.

Ich wandte mich an Sarripoli.

»Und du sagst nichts, Emilio?«

»Was soll ich sagen? Es musste so ausgehen, sonst hätten wir nicht unseren Arsch für dich riskiert.«

Dabei verzog er keine Miene. Ein Hoch auf die Ehrlichkeit.

Proietti versuchte direkt, die Verantwortlichkeiten zu klären.

»Das heißt, du übernimmst ab sofort offiziell deinen Posten wieder. Die Flucht können sie dir nicht anhängen, du hast den Haftbefehl nie gesehen.«

Ich musste ihn enttäuschen.

»Du hast recht, Fabio, ich muss mich nicht wegen der Flucht verantworten, aber trotzdem wird weiter gegen mich ermittelt, auch wenn der Haftbefehl aufgehoben ist. Wenn ich aktiv in die Ermittlungen eingreife, werden sie mich umgehend suspendieren. Deshalb mache ich weiter Ferien, jedenfalls so lange, wie es mir der alte Questore genehmigt hat, bevor diese ganze Scheiße angefangen hat.«

»Und was ändert sich jetzt?«, fragte Bini.

»Für die laufende Operation gar nichts. Wir sind und bleiben auf unser Ziel fixiert«, antwortete ich knapp.

35

Alle Erkenntnisse, die wir bis zu diesem Moment gesammelt hatten, legten uns nahe, dass es sich bei dem Mann um Gaetano Surace handelte, den Boss des Settimio-Clans, der bei Dottor Romoli in Behandlung war. Aber das hieß nicht zwangsläufig, dass er sich immer noch in der Villa befand, vor allem nicht nach Ciro Auriemmas Verhaftung und dem Mord an dem Arzt. Aus Übereifer dort einzudringen, ohne die Gewissheit, dass er wirklich noch da war, wäre ein Risiko gewesen und mit der Gefahr verbunden, ins Leere zu laufen. Deshalb taten wir das, was jeder gute Ermittler in solchen Situationen macht: Wir warteten.

Und während wir warteten, aßen wir Brötchen, tranken Kaffee, rauchten Zigarren und Zigaretten, erzählten uns lustige Geschichten aus der Vergangenheit, lachten und schauten dabei auf die Monitore, auf denen die Villa aus der Vogelperspektive zu sehen war. Außerdem nutzten wir die Zeit, um mithilfe des Bauplans, den uns das Grundbuchamt freundlicherweise zur Verfügung gestellt hatte, einen Plan zu entwerfen, wie wir ins Haus gelangen konnten.

Die zweistöckige Villa war von einem Garten umgeben, in dem auch ein kleiner Swimmingpool lag. Der Zaun war leicht zu überwinden, Hunde gab es keine. Das Problem waren die vielen Fenster und Balkone. Zu sechst schafften wir es nicht, alle vier Seiten des Hauses zu überwachen. Deshalb beschlossen wir, auch Marinelli und Guerra hinzuzuziehen.

Vier von uns würden im Garten bleiben und die Ausgänge überwachen, vier würden in die Villa eindringen.

Marinelli und Guerra waren aufgeweckte Typen, auf die man sich bei solchen Einsätzen verlassen konnte. Marinelli war ursprünglich aus Venedig und hatte alle möglichen Weiterbildungskurse gemacht, von Personenschutz über Klettertechniken bis zum Scharfschützentraining. Er nutzte jede sich bietende Gelegenheit. Ich hatte nie verstanden, ob es ihm darum ging, sich wirklich weiterzubilden oder einfach ein paar Tage blauzumachen, fernab von familiären Verpflichtungen. Jedenfalls war er jetzt Teil unseres Teams, und wir konnten auf seine Fähigkeiten zurückgreifen, wenn wir sie brauchten. Guerra war groß, muskulös und konnte zupacken wie ein Rugbyspieler. Im Angriffsfall könnten wir uns auf ihn verlassen.

Ich beschloss, als Erster ins Haus zu gehen, dann würden Marinelli, Bini und Giordano folgen. Proietti, Sarripoli, Paolozzi und Guerra würden draußen bleiben.

Wir warteten zwei weitere Tage, bevor wir den Plan in die Tat umsetzten.

Die Frau hatte noch zweimal das Haus verlassen. Einmal, um im Supermarkt und in einer Parfümerie einzukaufen, ein andermal, um nach Florenz zu fahren und dort in einen Fischladen zu gehen. Sie kaufte dort nichts, sondern gab nur eine Bestellung für das bevorstehende Weihnachtsessen auf. Hummer, Meeresfrüchte, Klippfisch, Goldbrasse und Wolfsbarsch für mindestens vier Personen. Das war eine äußerst wichtige Information für uns. Offenbar war ein Festessen nach neapolitanischer Tradition geplant. Die Frage war nur: Waren die Gäste schon da oder kamen sie noch?

Die Antwort erhielten wir am Morgen des fünften Tages unserer Mission, als Ciro Auriemmas Ehefrau in Richtung Privatklinik Villa Glori fuhr. Ispettore Sarripoli, Sovrintendente Paolozzi und die Puppe im Kindersitz auf der Rückbank folgten ihr.

Die Frau wartete auf dem Parkplatz, bis ein Mann mit silbergrauen Haaren in Anzug und Krawatte auftauchte, der einen Arztkoffer in der Hand trug. Er stieg ein, und sie fuhren in die Villa Beatrice.

Das war der Beweis: Der Kranke war noch dort. Die Aktion begann.

Wir bereiteten uns vor. Schusssichere Westen für alle, Beretta-M12-Maschinenpistolen für zwei der draußen Postierten. Vorschlaghammer für Bini, falls wir die Tür einschlagen müssten.

Ich entschied, das Auto von Signora Auriemma zu kapern, damit wir die Fernbedienung nutzen konnten, um das Hoftor zu öffnen und dann direkt vor das Haus zu fahren, ohne einen Alarm auszulösen.

Wir warteten, bis sie den Arzt zurückfuhr, stoppten sie an der ersten Kreuzung und nahmen sie in Gewahrsam. Um zu gewährleisten, dass sie unsere Aktion nicht gefährdeten, setzten wir die beiden mit Sarripoli und Paolozzi in eines unserer Einsatzfahrzeuge. Die beiden würden natürlich bei der Erstürmung des Hauses fehlen. Ciondolo würde draußen mit Proietti und Guerra die Villa sichern, Marinelli, Bini und ich würden hineingehen. Ein zusätzliches Risiko, aber wir hatten keine andere Wahl.

Wir öffneten das Hoftor mit der Fernbedienung und fuhren im Renault Mégane von Signora Auriemma in den Garten, einige Sekunden später folgten die anderen mit unserem schwarzen Alfa 156. Bini schlug mit dem Vorschlaghammer die Haustür ein, wir stürmten hinein. Und dann stand ich nur wenige Meter vor ihm.

Gaetano Surace, genannt Gaetano *capa e' fierr*, Boss des Settimio-Clans, seit mehr als zwanzig Jahren auf der Flucht, saß auf dem Sofa in der Eingangshalle der Villa. Er trug einen Jogginganzug, Badelatschen und weiße Socken und hatte eine Infusion im Arm. Ihm gegenüber stand ein eingeschalteter 70-Zoll-Fernseher. Seine Haare waren schlohweiß, mit seinem Bäuchlein sah er aus wie ein ganz normaler Rentner, der nach einem harten Arbeitsleben auf dem Bau seinen Ruhestand genoss.

Er drehte sich überrascht zu mir um. Ich wies mich aus und ging auf ihn zu. Er blieb sitzen. Als ihm klar wurde, dass wir Polizisten waren, entspannte er sich sichtlich.

Erst jetzt fiel mir auf, dass in der angrenzenden Küche eine junge Frau stand, die wie erstarrt wirkte. Sie kochte etwas mit Zwiebeln, dem Geruch nach zu urteilen, vielleicht eine Sauce. Marinelli ging zu ihr, bat sie, das Gas abzudrehen und ruhig zu bleiben.

Auf der Treppe stand ein junger Mann mit rasiertem Kopf. Er trug Jeans, Turnschuhe und ein schwarzes T-Shirt. In der Hand hielt er eine halbautomatische Pistole. Bini, der den Hammer auf den Boden gelegt und nach mir das Haus betreten hatte, brachte sich in Schussposition und forderte ihn auf, die Waffe fallen zu lassen und die Hände hochzunehmen. Der Boss nickte dem Mann zu, und er gehorchte. Er legte die Waffe auf eine Treppenstufe und kam dann mit erhobenen Händen herunter. Bini legte ihm Handschellen an.

»Ist noch jemand im Haus?«, fragte ich Gaetano Surace.

»Nein, niemand. Die Hausherrin kommt bald zurück.«

»Signora Auriemma ist bereits in unserer Gewalt«, versicherte ich ihm.

Der Boss nutzte die Gelegenheit für einen klassischen Spruch, den Männer wie er in solchen Situationen gerne machen.

»Gute Arbeit, Commissario. Kompliment!«

Er wirkte nicht sehr geschwächt. Er litt an Prostatakrebs im Anfangsstadium und beendete gerade seine Chemotherapie, die er mit Marco Romoli begonnen hatte und mit einem Kollegen der gleichen Klinik zu Ende führte: Dottor Manzo.

Auch die anderen betraten jetzt die Villa, um bei der Durchsuchung zu helfen.

Surace schwieg und schaute weiter auf den Bildschirm. Ihn schien das alles nicht zu kümmern.

Trotzdem sprach ich mit ihm.

»Warum haben Sie ihn umgebracht? Er war Ihr Arzt, er kümmerte sich um Ihre Genesung«, fragte ich ihn.

Den Blick weiter starr auf den Bildschirm gerichtet, antwortete er: »Commissario, bei allem Respekt, wenn Gaetano Surace reden will, dann lässt er seine Gesprächspartner rufen. Sie sind aus freien Stücken gekommen, oder nicht? Ich habe Sie jedenfalls nicht hierherbeordert. Das bedeutet, dass ich Ihnen nichts zu sagen habe. Machen Sie Ihre Arbeit, aber stellen Sie mir keine Fragen.«

Ich hatte verstanden. Er würde schweigen.

Nach einer halben Stunde meldete Proietti, dass sie mit der Durchsuchung fertig seien. Sie waren fündig geworden: etwa fünfzig Gramm Kokain, hunderttausend Euro in bar, Handys, Tablets, Telefonkarten, zwei Pistolen, Munition und interessante Dokumente.

»Und was machen wir jetzt? Wohin bringen wir ihn?«, fragte er.

»Natürlich nach Valdenza.«

»Und du?«

»Ich komme mit. Ich spreche mit dem Questore, und dann sehen wir weiter.«

Ich rief die Zentrale an und ließ mich verbinden.

»Guten Tag, Questore, wir kennen uns noch nicht, ich bin Commissario Casabona, Leiter der mobilen Kripo-Einheit.«

Einen Moment lang herrschte Schweigen, offenbar überlegte er, wie er reagieren sollte.

»Dieser Anruf ist ziemlich delikat, vielleicht sollte ich besser auflegen«, sagte er schließlich.

»Der Haftbefehl gegen mich ist offiziell aufgehoben.«

»Davon habe ich schon gehört. Aber gegen Sie wird wegen anderer Delikte ermittelt. Und deshalb informiere ich Sie hiermit, dass Sie vom Dienst suspendiert sind. Haben Sie bitte die Freundlichkeit, sich umgehend in der Questura zu melden.«

»Wie Sie wissen, bin ich offiziell im Urlaub. Deshalb habe ich mich noch nicht vorgestellt. Wenn Sie nichts dagegen haben, komme ich heute vorbei. Unter einer Bedingung allerdings.«

»Was für eine Bedingung?«

»Wir haben im Mugello während einer Hausdurchsuchung, mit der uns der stellvertretende Staatsanwalt Boccuso betraut hat, mehrere Personen festgenommen. Vor meiner Suspendierung möchte ich gerne die Akte schließen und die Verhafteten ins Gefängnis bringen.«

»Erpressung zieht bei mir nicht, Dottor Casabona. Ihre Verhafteten sind mir egal, zumal Sie gar nicht vor Ort sein dürften. Im Anschluss werde ich mich mit den Kollegen befassen, die Ihnen die Erlaubnis zu dieser Operation erteilt haben, ohne mich zu informieren.«

»Gut, Signor Questore. Wie Sie meinen. Dann werden wir uns an die Kollegen in Florenz wenden, das liegt ohnehin näher.«

»Machen Sie, was Sie wollen.«

Er wollte gerade auflegen, als ich fragte: »Wollen Sie nicht mal wissen, wen wir festgenommen haben?«

Seine Geduld war am Ende.

»Vielleicht Matteo Messina Denaro? Sagen Sie schon.«

»Das kommt der Wahrheit schon ziemlich nahe, Signor Questore. Es ist Gaetano Surace, der Mann zwei Stufen unter ihm.«

Er überlegte ein paar Augenblicke, danach wurde sein Ton merklich freundlicher. Er hatte nicht lange gebraucht, um zu verstehen, dass die Festnahme eines Verbrechers vom Kaliber Gaetano Suraces für einen frischgebackenen Questore ein Gottesgeschenk war, das er nicht ablehnen konnte. Deshalb veränderten sich seine Haltung und seine Ansprache.

»Das sind ja wunderbare Neuigkeiten. Sie hätten gleich sagen sollen, dass Sie eine Aktion von nationaler Tragweite abgeschlossen haben. Ich bin stolz auf Sie und freue mich auf Ihren Besuch in der Questura. Richten Sie auch Ihrem Team die herzlichsten Glückwünsche von mir aus.«

Proietti hatte mitgehört, ich musste nichts sagen.

Marinelli und Guerra gingen voraus, die MPs im Anschlag, dann postierten sie sich rechts und links neben dem schwarzen Alfa 156, in den Gaetano Surace einsteigen sollte. Wir wussten nicht, ob er nicht noch andere Gefolgsleute vor Ort hatte, und mussten vorsichtig sein. Als sie uns grünes Licht gaben, verließen wir mit dem Festgenommenen das Haus, sprangen ins Auto und rasten mit Blaulicht in Richtung Valdenza.

36

Ich verstehe das, ein Verbrecher wird mit Blaulicht in die Questura gebracht, so ein Triumph ist schon ein Grund zum Jubeln. Aber für mich ist das nichts. Natürlich fordert die monatelang, manchmal jahrelang aufgebaute Spannung ihren Tribut, das Nach-außen-Tragen der Revanche nach all den Niederlagen und dem Scheitern, aber ich bin einfach nicht so gestrickt. Dachte ich. Aber an diesem Tag machte ich mit, allerdings weniger aus einer instinktiven Reaktion als aus rationalen Überlegungen heraus. Die Verhaftung von Gaetano Surace musste öffentlichkeitswirksam sein. Das Bild in den Medien musste von den Protagonisten dominiert werden, mit der Questura Valdenza als Hintergrund. Der blutrünstige Boss Gaetano *capa e' fierr* in der Rolle des Bösen und Commissario Tommaso Casabona in der Rolle des Guten. Diese Inszenierung würde mein Bild in neuem Licht erstrahlen lassen, reingewaschen von all dem Dreck, mit dem ich während der Operation »Schutzwall« überschüttet worden war. In jedem Foto, jedem Video musste Surace zu sehen sein und daneben ich. Wie konnten sie nach einem solchen Auftritt weiter gegen mich ermitteln? Die Suspendierung musste aufgehoben werden.

Ich ließ Surace ins Auto steigen. Wie erwartet, wurden wir an der Questura von einer Schar Journalisten empfangen, die mit Kameras und Aufnahmegeräten bewaffnet waren. Der Questore hatte den Flurfunk mobilisiert.

Wir hielten vor dem Haupteingang, ich stieg aus, öffnete Surace die Tür, hakte ihn unter und ging mit ihm an meiner Seite in das Gebäude. Alles lief wie geplant.

Nach Wochen als gesuchter Verdächtiger betrat ich wieder das Büro. Es fühlte sich merkwürdig an. Zum Glück wurde ich von allen Kollegen herzlich empfangen. Ich war einer von ihnen, trotz allem, was inzwischen geschehen war.

»Das passiert einfach, Sie werden sehen, alles wird sich finden«, sagte der neue Questore, als ich mich vorstellte. Ich sah ihn zum ersten Mal, er machte einen sympathischen Eindruck. Er war deutlich jünger als sein Vorgänger, wirkte aufgeweckt und pragmatisch. Vielleicht stimmte es ja, dass sich alles finden würde. Irgendwie.

Ich ging in mein Büro, um den Papierkram für die Inhaftierung Gaetano Suraces zu erledigen. Es lag auf der Hand, dass ich ihn nicht aus den Augen lassen würde, ich würde immer bei ihm sein, wie ein siamesischer Zwilling.

Genugtuung machte sich breit, das Adrenalin, das uns während der Aktion wach gehalten hatte, wirkte noch nach, sodass wir trotz des wenigen Schlafs der vergangenen Tage immer noch frisch waren.

Etwa eine halbe Stunde nach unserer Ankunft bemerkte ich den Kollegen Crisanti von der Kripo Florenz auf dem Flur. Er trug einen blauen Anzug und wirkte wie ein Ministerialbeamter, der auf der Karriereleiter weit nach oben wollte. Ich versperrte ihm den Weg, flankiert von Bini und Ciondolo.

»Was machst du hier?«, fragte ich in einem Ton, der ihm deutlich machen sollte, dass er hier nicht erwünscht war.

»Die Organisierte Kriminalität liegt in unserer Zuständigkeit, Casabona. Hast du das vergessen?«

»Das heißt?«

»Wir sind bei der Verhaftung mit im Boot.«

»Ihr seid zu spät. Das Festnahmeprotokoll liegt bereits beim zuständigen Staatsanwalt. Wir warten nur auf grünes Licht, um ihn ins Gefängnis zu überführen.«

»Das kannst du nicht machen, und das weißt du auch.«

Jetzt war meine Geduld endgültig am Ende, die aufgestaute Wut brach aus mir heraus.

»Natürlich kann ich das. Ihr habt mich vorverurteilt, wegen Mordes verfolgt – wenn ich zu so etwas fähig bin, dann auch zu allem anderen. Zum Beispiel dazu, dir persönlich in den Arsch zu treten, wenn du nicht sofort abhaust.«

Der karrierebewusste Kollege ahnte, dass meine Drohung auf einer sehr konkreten Grundlage beruhte, er analysierte kurz die Situation und traf die kluge Entscheidung, sich zurückzuziehen. Allerdings erst nach einem letzten Versuch, wenigstens das Gesicht zu wahren. »Überleg dir genau, was du tust, Casabona«, sagte er ernst.

»Das habe ich, Crisanti. Ich hatte genug Zeit dazu. Aber jetzt verschwinde, wir haben viel zu tun.« Dann wandte ich mich an Bini und Ciondolo: »Bringt den Dottore hinaus. Ab jetzt betritt niemand mehr mein Büro, bis ich etwas Gegenteiliges sage.«

Das ließen die beiden sich nicht zweimal sagen. Crisanti spürte das und machte es ihnen leicht, indem er schnellen Schritts in Richtung Ausgang eilte.

Auf dem Rückweg in mein Büro traf ich Proietti, der den verbalen Schlagabtausch mitbekommen hatte. Bevor er sich äußern konnte, sagte ich knapp: »Fabio, was muss, das muss.«

»Ganz meine Meinung«, entgegnete er.

37

Auch nach der Festnahme Suraces war noch viel zu tun. Vor der Inhaftierung mussten Berichte, Informationsschreiben, diverse Angaben und Notizen vervollständigt werden, dann wurde Gaetano Surace ins Gefängnis überstellt. Auch darum kümmerte ich mich persönlich. Ich blieb immer eng an seiner Seite und ließ ihn keine Sekunde aus den Augen.

Bei der Rückkehr in die Questura fiel mir auf, dass die Reporter immer noch vor Ort waren. Offensichtlich warteten sie auf eine Pressekonferenz, die es ihrer Meinung nach geben musste.

Ich betrat das Gebäude, ohne eine Erklärung abzugeben, und ging zum Büro des Questore, klingelte an der Tür und wartete, bis das grüne Licht aufleuchtete.

Er telefonierte gerade mit Rom. Vor seinem Schreibtisch saßen der Staatsanwalt von Valdenza und Boccuso, sein Stellvertreter. Wir gaben uns die Hand und warteten, bis das Gespräch beendet war.

Ich blieb stehen. Mir war sofort klar gewesen, dass es in dem Telefonat um mich ging. Ich hatte ein ziemliches Durcheinander verursacht. In der Zwischenzeit hatte die Presse meine Person mit der Verhaftung Suraces in Verbindung gebracht. Die geplante Suspendierung würde nicht mehr glaubhaft zu rechtfertigen sein. Gleichzeitig standen die Anschuldigungen in Zusammenhang mit dem Mord an Marco Romoli weiter im Raum, meine Rehabilitierung konnte man nicht einfach vorwegnehmen. Am liebsten hätten sie einen Zauberstab gezückt und mich einfach verschwinden lassen, aber das war natürlich nicht möglich. Ich stand vor ihnen, und das zwang sie dazu, einen Kompromiss zu finden.

Nach ein paar Minuten verabschiedete sich der Questore von seinem Gesprächspartner und wandte sich im Anschluss direkt an mich. Trotz allem war er mir wohlgesonnen.

»Wir versuchen, die Sache bestmöglich zu einem Ende zu bringen. Im Interesse aller«, sagte er, um mich zu beruhigen.

Dann sprach er an Boccuso und den Staatsanwalt gewandt weiter: »Ich bin autorisiert, die angeordnete Suspendierung aufzuheben, wenn die Staatsanwaltschaft Florenz und Sie ebenfalls dazu bereit sind. Im Anschluss warten wir die endgültige Überprüfung der Anschuldigungen gegen Dottor Casabona ab.«

»Gut, das ist in meinen Augen eine hervorragende Lösung«, sagte der Staatsanwalt.

»Ich möchte hinzufügen, dass man in Rom der Meinung ist, dass der Commissario nicht an der Pressekonferenz teilnehmen sollte. Im Augenblick scheint es nicht angeraten, ihn einer breiten Öffentlichkeit zu präsentieren«, meinte er.

»Das scheint mir offensichtlich zu sein. Seine Anwesenheit könnte zu peinlichen Fragen der Presse führen, auf die wir noch nicht antworten können«, sagte Boccuso.

Sie sahen mich an und warteten, dass auch ich etwas sagte. Sie boten mir ein Zehntel dessen, was mir von Rechts wegen zustand, und versuchten, es mir als Geschenk zu verkaufen. Ich war unschuldig, und das wussten sie auch. Ich war ohne jede Schuld durch die Hölle gegangen und ihr nur dank der Hilfe meines Teams und einer Reihe glücklicher Zufälle entronnen. Wäre Marco Romoli an einem anderen Wochentag als einem Mittwoch ermordet worden, säße ich jetzt im Knast. Ich spürte, dass ich Gerechtigkeit wollte, jemand musste dafür bezahlen, was man mir angetan hatte. Es gab doch das unantastbare Prinzip der Verantwortung, das allerdings fast nie eingehalten wurde. Ich kannte diesen Mechanismus nur zu gut. Crisanti würde seine brillante Karriere weiterverfolgen, Staatsanwalt Di Felice würde endlich seine Stelle bekommen, und niemand würde für den Schaden aufkommen, den ich erlitten hatte.

Niemand bezahlt für seine Unfähigkeit. Wer von dem Glück geküsst ist, von der richtigen Seite unterstützt zu werden, der kann durch nichts beschädigt werden, der folgt seinem Weg. Ich war zu alt, um mir noch irgendwelche Illusionen zu machen. Deshalb beschloss ich, das zu nehmen, was mir angeboten wurde, ohne besonders wählerisch zu sein. Ich beruhigte sie und sagte: »Für mich passt das, ich beuge mich Ihren Entscheidungen. Ich bin sicher, dass sich alles aufklären wird. Ich werde mich noch einige Tage aus der Öffentlichkeit zurückziehen und nach Neapel fahren, wo ich noch einiges zu erledigen habe. Mit Ihrer Erlaubnis nehme ich den Hinterausgang, da bemerkt mich niemand, vorne stehen noch die Journalisten.«

Wir verabschiedeten uns. Ich verließ den Raum und versuchte dabei, meine tiefe Abscheu zu verbergen.

VAN GOGHS TOD

38

Es gibt viele Arten, einen Menschen zu töten. Das Leben ruht in einem empfindlichen, fast magischen Gleichgewicht, das leicht zu zerstören ist. Jeder Atemzug, jeder Herzschlag ist eine sich stets wiederholende Herausforderung. Der Sand rinnt durch die Sanduhr, der Sensenmann wartet. Noch nicht. Einen Augenblick noch. Noch nicht. Einen Augenblick noch. Noch nicht.

Töten ist eine Kunst. Das wusste Ciro Auriemma, der auch deshalb Van Gogh genannt wurde. Noch nicht verstanden hatte er allerdings, dass der Tod eine untreue Geliebte ist. Eine flatterhafte Frau, eine Femme fatale, die sich mal zu dir und dann zu deinem Feind legt. Der Tod möchte keinen Herren, er entscheidet selbst, wer Opfer und wer Täter ist. Wer in der einen Hälfte spielt und wer in der anderen. Wer noch einen Tag bleibt und wer auf die Reise geht.

Ciro Auriemma saß im Hochsicherheitstrakt des Sollicciano-Gefängnisses in Florenz. Ein geschützter Ort, abgetrennt von den anderen Abteilungen, in denen die normalen Gefangenen untergebracht waren. Nachdem er die Absicht geäußert hatte, mit der Justiz zusammenzuarbeiten, war er aus Sicherheitsgründen dorthin verlegt worden. Man hatte ihn in einer Einzelzelle untergebracht, im Trakt selbst allerdings war er nicht der einzige Häftling. Es gab tagsüber Momente, in denen er andere Gefangene traf, die in der gleichen Lage waren wie er, meist im Speisesaal. Aber auch wenn er auf den Hof ging, duschte oder auf die Krankenstation musste.

Hinter diesen Mauern herrschte eine merkwürdige Atmosphäre. Die Gefangenen sprachen nicht miteinander. Viele wirkten abwesend. Sie wanderten orientierungslos durch die Gänge. Verwirrt, als ob sie ihre Identität und ihre Bezugspunkte verloren hätten.

Van Gogh hasste sie von ganzem Herzen. Für ihn waren sie die Reinkarnation von Judas selbst. Wenn er gekonnt hätte, hätte er sie alle umgebracht. »Gefängnis, Zuchthaus, Sarg, dreißig Jahre sind mir nicht arg«, wiederholte er innerlich, während er auf die fünf Punkte auf seiner Hand schaute. Er war nicht wie sie. Er hatte keine Angst vor dem Knast. Er musste sich unter diesen Abschaum mischen, weil er eine wichtige Mission auszuführen hatte, das größte Opfer, das man ihm jemals abverlangt hatte.

Er musste schauspielern und gab sein Bestes. Aber sein Blick, seine Haltung blieben stolz und verrieten ihn in jedem Augenblick. Die anderen wussten das und taten alles, um ihm aus dem Weg zu gehen. Nicht, weil sie Angst vor ihm hatten, in diesem Umfeld fühlten sie sich sicher, sondern weil in seinen Augen das lag, was sie früher selbst einmal gewesen waren. Und das konnte unerträglich sein. Sie blickten zu Boden.

Die Abteilung war eine Übergangsstation. Die Häftlinge blieben hier nicht lange. Wenn die Zusammenarbeit mit der Justiz glaubhaft war, wurden sie an sichere Orte verlegt, in Kasernen oder geschützte Wohnungen. Ciro Auriemma hatte noch nicht alle Richter überzeugt. In seinen Aussagen gab es blinde Flecken, die noch geklärt werden mussten, es blieben Ungereimtheiten. Er sah andere Häftlinge kommen und gehen, aber er blieb.

Vor einigen Tagen war ein Kalabrier angekommen. Etwa fünfzig, mager, eingefallene Wangen, weiße kurz geschorene

Haare und dunkle Haut. Seinen echten Namen kannte er nicht, aber man nannte ihn 'u chianchieri, den Metzger.

Van Gogh hatte ihn bemerkt, sich aber nicht weiter mit ihm beschäftigt. Er war nichts Besonderes, er wirkte sogar eher bescheiden. Weit entfernt davon, ihm gefährlich werden zu können. Bis er ihm eines Morgens in die Augen sah.

Er saß an einem der langen Tische im Speisesaal und frühstückte. Der Kalabrier hatte gerade in der Schlange gestanden und hielt jetzt mit beiden Händen sein Tablett mit der Tasse, den Keksen, einem Plastiklöffel und Servietten in der Hand. Als er an Ciro vorbeiging und das Tablett auf den Tisch stellte, bemerkte dieser, dass die rechte Hand des Kalabriers mit Milch bespritzt und zur Faust geballt war. Als er ihm in die Augen sah, wusste er Bescheid. Auch er war anders als die anderen. Er war ihm ähnlich. Ein Tier. Sie gehörten zur gleichen Gattung. Doch diese Erkenntnis war nur für einen kurzen Moment tröstlich. Nur, bis Ciro bemerkte, dass aus seinem Hals Blut spritzte, auf und ab, im Rhythmus seines Herzschlags.

Der Metzger hatte ihm mit einem geraden Schnitt die Halsschlagader durchtrennt. Die scharfe Klinge hatte er in der Tasse mit der verschütteten Milch gefunden, wie es ihm versichert worden war. Der Job, den er gerade erledigt hatte, würde ihm zehntausend Euro bringen, die an seine Familie ausgezahlt würden, den Respekt seiner ›ndrina‹. Ein gutes Geschäft.

Van Gogh versuchte, mit beiden Händen das Leben aufzuhalten, das ihm durch die Finger rann, um sich mit all den anderen Leben zu vereinen, die er selbst beendet hatte. Aber das verlangsamte den Prozess nur um einige Sekunden. Dann war es vorbei.

Er sah noch die Beamten auf ihn zukommen. Dann jemanden, der wie ein Arzt aussah. Und dann gar nichts mehr.

DAS SPIEL IST AUS

39

Neapel, ein Restaurant auf dem Posillipo

Neapel trug ein weihnachtliches Gewand, wie eine Krippe, die die stets aufs Neue wiederkehrende Illusion eines besseren Lebens feierte. Am Vortag war die Burrasca durch die Stadt gefegt und hatte die Luft gereinigt. Der Himmel war wolkenlos und sternenklar. Der Mond versteckte sich hinter dem Rücken des Vesuvs. Durch das breite Fenster des Restaurants bewunderte ich die Stadt in ihrer ganzen Schönheit, die unvergleichliche Harmonie zwischen Licht und Schatten. Beim Blick auf das Meer kam mir ein berühmtes Lied von Pino Daniele in den Sinn:

Che tene 'o mare
S'accorge è detto chello
Che succede
po' sta luntano
e te fa' senti
come coce
chi tene 'o mare 'o ssaje
porta 'na croce

Es lag so viel Wahrheit in diesen Worten. Das Meer trägt man in sich, zusammen mit seinem Versprechen von Wahrheit und Freiheit. Je weiter du dich davon entfernst, desto deutlicher schmeckst du das Salz, das auf deinen Lippen prickelt. Das dich daran erinnert, dass du zurückkehren musst. Um die Dinge in Ordnung zu bringen. Das Spiel zu beenden.

Don Vincenzo Altieri kam zur üblichen Uhrzeit, zuerst erschienen die Bodyguards, die einen Blick in den Gastraum warfen und dann wieder nach draußen gingen. Er war überrascht, mich zu sehen, sehr viel mehr als beim letzten Mal. Obwohl er versuchte, seine Gefühle zu verbergen, gelang es ihm nicht ganz.

Er zog den Mantel aus und ging zu dem für ihn gedeckten Tisch, der Besitzer folgte ihm.

Ich wartete, bis er Platz genommen hatte, und ging dann zu ihm hinüber.

Auch ich setzte mich.

Er schien meine Anwesenheit nicht sehr zu schätzen.

»Commissario, Sie hätte ich heute Abend nicht erwartet. Wenn Sie wünschen, lasse ich Ihnen ein Gedeck bringen.« Er klang wenig überzeugend.

»Machen Sie sich keine Mühe, Don Vincenzo. Ich bleibe nur ein paar Minuten. Ich möchte Ihnen persönlich mitteilen, dass wir Gaetano Surace festgenommen haben. In Florenz, gestern Abend.«

Dass ich deshalb hier war, wirkte seltsam und wenig glaubhaft.

»Das weiß ich schon. Alle Nachrichtensendungen haben darüber berichtet, ich habe Sie sogar neben ihm stehen sehen. Es gab also keinen Grund, sich herzubemühen. Aber ich schätze Ihre Geste, und ich bin froh, dass alles vorbei ist.«

»Wer hat gesagt, dass alles vorbei ist?«, fragte ich und schaute ihm direkt in die Augen.

Er konnte seine Betroffenheit nicht verbergen. Er winkte dem Kellner, der sofort auf ihn zukam. Das Restaurant war halb leer, es war noch früh, der Abend hatte gerade erst begonnen.

»Bringen Sie eine Flasche Prosecco und noch ein Glas.«

Ich winkte ab. »Danke, aber heute Abend trinke ich nicht.«

»Gut, Dottore, wie Sie wünschen. Dann bringen Sie nur die Flasche.«

Der Kellner entfernte sich.

»Sie wissen, dass man Ciro Auriemma im Gefängnis umgebracht hat. Ein Kalabrier, der als Kronzeuge aussagen will, hat ihm die Kehle aufgeschlitzt wie bei einer Ziege.«

Er schwieg.

»Wie? Dieser Name sagt Ihnen nichts? Vielleicht kennen Sie ihn unter Van Gogh?«

»Ich weiß nicht, von wem Sie sprechen, Commissario.«

»Ach nein? Sehen Sie, dann ist es gut, dass ich persönlich gekommen bin, um es Ihnen zu sagen. Ich dachte, dass Sie die Nachricht freuen würde. Denn kurz vor seiner Ermordung hat er den Richtern gestanden, dass er vor zehn Jahren Ihren Sohn umgebracht hat.«

Sein angespannter Gesichtsausdruck wurde bösartig.

»Dann hat er das bekommen, was er verdient hat«, presste er hervor.

»In der Tat sind Sie nicht der Einzige, der so denkt. Mit den vertauschten Containern hat er sich eine ganze Reihe von Feinden gemacht. Sie hatten jahrelang in diese Ladung investiert. Aber das wissen Sie ja bereits.«

Der Kellner kam. Er entkorkte die Flasche, goss die perlende Flüssigkeit in ein hohes Sektglas und wartete, bis Don

Vincenzo gekostet hatte. Dann stellte er die Flasche in den Eiskübel und ging wieder.

Altieri nahm den Faden wieder auf, er versuchte, mich loszuwerden.

»Haben Sie sonst noch etwas zu sagen? Sonst ... würde ich jetzt gerne essen.«

»Was haben Sie im Hotel Gaudio gemacht, an dem Abend, als Marco Romoli umgebracht wurde?«, fragte ich wie aus dem Nichts.

Er schwieg, und ich sprach weiter.

»Ich weiß Bescheid, Sie haben einen falschen Pass benutzt. Aber mit einem Foto von Ihnen. Es wurde fotokopiert, als Sie das Zimmer gemietet haben.«

»Wollen Sie mich verhaften, weil ich einen gefälschten Pass verwendet habe, Commissario? Deshalb sind Sie aus der Toskana bis nach Neapel gekommen?«

Er versuchte, mir zu beweisen, dass er die Situation immer noch unter Kontrolle hatte.

»Aus diesem Grund werde ich Sie nicht verhaften, Don Vincenzo. Aber als Anstifter des Mordes an Marco Romoli schon.«

»Deswegen wollen Sie mich anklagen? Deshalb haben Sie den weiten Weg gemacht? Weil ich diesen Herren ermorden ließ, dessen Namen ich nicht mal kenne?«

»Ich erkläre es Ihnen. Sie wissen bereits seit Langem, dass Gaetano Surace den Mord an Ihrem Sohn in Auftrag gegeben hat. Seit diesem Tag hatten Sie Ihr Leben darauf ausgerichtet, ihn zu rächen, aber Sie konnten ihn nicht finden. Als man Ihnen zugetragen hat, dass er krank ist und sich von einem berühmten Onkologen bei Florenz behandeln lässt, haben Sie alle Hebel in Bewegung gesetzt, um herauszufinden, wer dieser Arzt ist, weil Sie wussten, dass Sie Ihren Erzfeind über ihn aufspüren würden. Sie haben Ihre Handlanger auf ihn angesetzt, um aus ihm herauszupressen, wo sich der Boss befindet. Aber er wusste es nicht. Denn Ciro Auriemma ließ ihn immer eine Kapuze aufsetzen, wenn er ihn im Hotel abgeholt und zu seinem Chef gebracht hat. Der Mord war sinnlos.«

»Sie haben mit Sicherheit eine blühende Phantasie, Kompliment. Jetzt, wo man Sie suspendiert hat, könnten Sie doch Schriftsteller werden.«

Er drehte sich instinktiv zur Tür und sah vier neue Gesichter. Bini, Ciondolo und zwei Beamte der mobilen Einsatztruppe aus Neapel.

Er wusste, dass es zu Ende war.

»Sie sind mit mir hier, Don Vincenzo. Sehen Sie, noch bin ich Mitglied der Polizei. Wenn Sie nach Ihren Bodyguards suchen, die treffen Sie später auf dem Kommissariat. Man hat sie als Tatmittler festgenommen. Um das Auto, in dem Romoli unterwegs war, zu stoppen, haben sie ihn geschnitten und den Wagen angefahren. Wir haben Spuren des linken Rücklichts auf dem Boden gefunden. Und wir haben alle Blitzer der Gegend überprüft. Einer hat am Mordabend einen Mercedes fotografiert, der ein solches kaputtes Rücklicht hatte. Der Wagen war schwarz, was zu den Lackspuren passt, die wir auf der Stoßstange von Romolis BMW gefunden haben. Das Auto war am Vortag in Neapel gemietet worden. Unter falschem Namen natürlich. Wir dachten, das könnte vielleicht auch nur ein Zufall sein. Deshalb haben wir uns ordnungshalber noch mal gefragt: Nehmen wir an, dass die beiden wirklich Romolis Mörder waren, wo würden sie die erfolgreiche Operation wohl feiern? Und da fiel uns auf, dass der Nachtclub ›L'anatra pazza‹ ganz in der Nähe liegt. Wir haben das Lokal durchsucht, uns die Aufnahmen der Überwachungskameras angesehen und uns gefragt: Ob da wohl auch die beiden Männer zu sehen sein werden, die den Arzt gefoltert und ermordet haben? Und genau so war es. Den mit der Narbe haben wir sofort erkannt, den anderen kurze Zeit später. Meinen Sie, das könnte reichen, Don Vincenzo? Der Richter meinte, ja. Und was denken Sie?« Meine Stimme klang ironisch.

»Ich habe Sie immer mit Respekt behandelt, Dottor Casabona. Aber erlauben Sie mir anzumerken, dass ich Sie nicht verstehe. Sie haben sich zu sehr in eine Angelegenheit verbissen, die nur mit uns zu tun hat. Etwas, das nur uns angeht, zu einem für die Justiz relevanten Fall gemacht. Sie sollten sich da nicht einmischen«, versuchte sich der alte Boss zu rechtfertigen.

»Auch ich habe Sie immer mit Respekt behandelt, Don Vincenzo, aber dieses Mal irren Sie. Wenn es um einen für die Justiz relevanten Fall geht, dann ist das unsere Angelegenheit. Denn in unserem Land gibt es nur eine Gerechtigkeit und die liegt in der Hand des Staates. Ob es Ihnen gefällt oder nicht. Der Staat, für den ich arbeite, verhandelt nicht und erkennt keine anderen Gesetze oder Gerichte als seine eigenen an.«

Don Vincenzo Altieri begriff, das Spiel war aus, und er handelte einen ehrenvollen Rückzug aus.

Er trank den letzten Schluck Prosecco.

»Wir können ganz in Ruhe hier rausgehen, dramatische Szenen sind überflüssig. Ich hoffe, dass wir wenigstens in dieser Hinsicht der gleichen Meinung sind.«

»Sicher. In diesem Fall denke ich genau wie Sie, Don Vincenzo. Das ist nicht nötig.« Ich stand auf. »Nach Ihnen«, sagte ich und folgte ihm zum Ausgang.

Ich nickte Bini zu, der mit der Gruppe das Lokal verlassen und draußen auf uns warten sollte.

NICHTS IST, WIE ES EINMAL WAR

40

Mit der Verhaftung Vincenzo Altieris war der Fall endgültig abgeschlossen. Auch Marco Romolis Mörder hatten einen Namen. Damit war ich vollends entlastet und über jeden Verdacht erhaben. Blieb nur noch der Schlamm, mit dem man mich beworfen hatte und der nicht so einfach wegzuwischen war. Die Anti-Mafia-Abteilung in Florenz, die Staatsanwaltschaft in Valdenza und die Vorgesetzten in Rom fanden allerdings dennoch eine Lösung, die allen gerecht wurde: Man machte mich nachträglich zum V-Mann.

Aus der Presse erfuhr ich, dass ich mich erfolgreich in das kriminelle Milieu Neapels eingeschleust hatte und auf diese Weise den flüchtigen Superboss Gaetano Surace und die Mörder Marco Romolis festgenommen hatte. Urheber dieses ausgesprochen effektiven Plans war die Anti-Mafia-Abteilung, die falschen Anschuldigungen gegen mich waren notwendiger Teil der Strategie gewesen, die perfekt aufgegangen war.

Ich las die ganze Geschichte, während ich an einem Tisch im Caffè Gambrinus in der Via Chiaia saß und frühstückte. Sie klang nach einem in neapolitanische Soße getauchten James-Bond-Film. Ich wusste nicht, ob ich lachen oder weinen sollte. In diesem Zwiespalt bestellte ich noch eine weitere Sfogliatella und dachte nicht weiter darüber nach.

Mein Handy vibrierte. Ich hatte gedacht, dass ich es nach seiner Reise in der Frecciarossa nach Mailand nie mehr wiedersehen würde, aber stattdessen hatte man es mir zurückgegeben, mitsamt der SIM-Karte.

Es war Barbara Melani. Auch sie hatte gelesen, dass ich kein skrupelloser Krimineller, sondern ein Undercover-Superpolizist war. Sie beglückwünschte mich zu meinem Erfolg. Ich bedankte mich. Dann sagte sie, ihre Gedanken seien zwar einen Augenblick lang verwirrt gewesen, aber ihr Herz hatte nie aufgehört, mich zu lieben. Sie hatte immer an mich gedacht und gewusst, dass sie mir vertrauen konnte. Auch in diesem Fall wusste ich nicht, ob ich lachen oder weinen sollte. Noch eine Sfogliatella konnte ich nicht essen, sonst hätte ich einen Zuckerschock bekommen, deshalb löste ich meinen Zwiespalt, indem ich sie zum Teufel schickte. Sie antwortete mit einem »Arschloch«, das aus tiefster Seele kam. Das schätzte ich sehr. Nichts macht einen Mann stolzer, als von einer Frau bei der Trennung Arschloch genannt zu werden. Denn ganz im Gegenteil zur landläufigen Annahme ist das ein Kompliment. Es ist das Eingeständnis des Bedauerns darüber, dass man aufgibt. »Ich beleidige dich, weil ich dich nicht haben kann, aber ich leide darunter.« Das ist der tiefere Sinn dahinter.

Am gleichen Tag aß ich mit meinem Freund Giovanni Luongo zu Mittag. Ich erzählte ihm, wie die Geschichte zu Ende gegangen war. Das war ich ihm schuldig, bei allem, was er für mich getan hatte.

Auch Francesca rief mich an. Sie war mit Schülern in Neapel auf einem Klassenausflug in die Via San Gregorio Armeno, die berühmte Straße in der Altstadt, in der die Krippenbauer ihre Werkstätten hatten. Sie würden über

Nacht bleiben, und sie fragte mich, ob wir gemeinsam zu Abend essen wollten. Das Ganze hatte zwar keinen großen Sinn, aber da ich nicht mit dem Gefühl leben wollte, eine Chance verpasst zu haben, nahm ich an. In diesem Fall würde ich genug Zeit haben, meine Entscheidung zu bedauern.

Wir beschlossen, die bekannten Lokale mit Blick auf den Golf zu meiden und ins Restaurant Basilio meines alten Freundes Giorgio in Pianura zu gehen, einem Viertel am östlichen Stadtrand, südlich des Camaldoli-Hügels. Zwar nicht gerade die beste Gegend, aber auch das war Neapel. In mancher Hinsicht war das hier sogar mehr Neapel als eine der Postkarten mit dem Posillipo darauf.

Hier fühlte ich mich zu Hause. Als ich noch in Neapel gewohnt und gearbeitet hatte, war ich oft hier gewesen.

Giorgio empfing mich mit der perfekten Mischung aus Wärme und Zurückhaltung. Er nahm die Bestellung auf und gab sie in die Küche weiter, dann kam er zu uns an den Tisch, um ein bisschen zu plaudern. Wie üblich hatte er Tausende Ideen. Durch einige Veränderungen im Handelsabkommen zwischen Italien und Brasilien musste er die Firma schließen, die von dort Krebsfleisch importierte. Er bedauerte das, weil es ihm gute Einnahmen beschert hatte, aber er gab nicht auf und arbeitete bereits an einem neuen Projekt: Er wollte seine Pizza im großen Stil vermarkten, vorgebacken und tiefgefroren. Um uns alle Details zu erklären, fehlte die Zeit, denn unsere Vorspeise, ein Meeresfrüchtesalat, wurde serviert. Er ließ uns allein und kümmerte sich um die anderen Gäste.

Zu Beginn war die Stimmung zwischen Francesca und mir etwas angespannt, aber dann verbrachten wir einen entspannten Abend. Wir waren nicht mehr die Gleichen wie noch vor ein paar Monaten, und taten auch nicht so. Die Angelegenheit hatte uns verändert, aber wir spürten beide den Wunsch, uns wieder anzunähern und die Scherben unserer Beziehung aufzusammeln.

»Weißt du was? Das war ein schöner Abend. Ganz normal, als wäre nichts zwischen uns vorgefallen. Auch wenn ich weiß, dass das nicht so ist. Was geschehen ist, ist geschehen. Man kann die Zeit nicht zurückdrehen, leider«, gestand sie mir mit einer Spur Bitterkeit in der Stimme, während wir unseren köstlichen Limoncello tranken, den Giorgio aus Zitronen aus Sorrent selbst herstellte.

»Daran habe ich keine Sekunde gedacht. Es nutzt nichts, so zu tun, als wäre nichts passiert oder als könnte man die Zeit zurückdrehen. Ich glaube eher, dass wir nach vorne schauen, einen Weg finden müssen, das Geschehene hinter uns zu lassen. Für unsere Kinder und für alles, was mal zwischen uns war.«

»Und wie geht das? Du sagst das so, als ob das möglich wäre. Diese Dinge vergisst man nicht. Sie bleiben in unserem Inneren, im Dunkel versteckt. Und bei der erstbesten Gelegenheit, der ersten Auseinandersetzung, tauchen sie wieder auf, und du wirst sie mir vorwerfen. Es hat keinen Sinn, sich Illusionen zu machen. Es wird nie wieder so werden, wie es war«, sagte sie.

Sie hatte recht, aber einen Versuch war es wert. Im Grunde wusste ich, dass ich auch kein Heiliger war. Ich konnte mich nur besser verstecken, wenn ich mich verirrt hatte. Das Leben war oft ein Meer mit schwerer See, und wir waren nur leichte Boote. Zu leicht, um den Kurs zu halten.

Ich verrsuchte, sie zu beruhigen.

»Nichts ist, wie es einmal war. Alles verändert sich, immer. Jeden Tag, jede Stunde, jeden Moment. Wir tun nur so, als bemerkten wir das nicht. Damit wir nicht zugeben müssen, dass man so oft stirbt, nur um lebendig zu bleiben.«

NACHBEMERKUNG

Dieses Buch ist allen Justizopfern gewidmet. All denjenigen, die einen sehr hohen Preis bezahlt haben, für Verbrechen, die sie nicht begangen haben, und für Schuld, die sie nicht hatten. Angefangen bei Enzo Tortora. Seine traurige Geschichte hat einige der wichtigsten Passagen dieses Buches inspiriert. Zum Beispiel den Auszug aus der Anklageschrift der Staatsanwaltschaft im Prozess gegen ihn: »Leider wissen wir alle, dass das ganze Ermittlungsverfahren in Verruf kommt, wenn Enzo Tortoras Position kippt. Tortora weiß das, aber es wissen auch diejenigen, die ihre Kameraden dazu bringen, sich auf diesem Altar zu opfern, um die Anklage in Misskredit zu bringen.«

Sagt Ihnen das nichts?

Es kann nicht überraschen, dass gerade jemand wie ich, der seit vielen Jahren im »Justizsystem« arbeitet, sich mit einem solchen Thema kritisch auseinandersetzt. Ich tue das im Bewusstsein, dass es für jeden Staatsanwalt, jeden Polizisten und jeden Kriminalbeamten, der sich fehlerhaft verhalten hat, Zehntausende andere gibt, die ihre Aufgabe sorgfältig erledigen, selbst wenn sie mit ihrem Leben dafür bezahlen. Ein gesunder Körper kann mit einer Krankheit umgehen, und er bekämpft sie nach bestem Wissen, bevor sie chronisch wird. In der Überzeugung, dass in einem zivilen und demokratischen Staat diese Art der Justiz, auch wenn sie in einigen seltenen Fällen fehlgeleitet ist, die einzig mögliche ist.

www.tropen.de

Pascal Engman
Mörderische Witwen
Ein Fall für Vanessa Frank

Aus dem Schwedischen
von Nike Karen Müller
512 Seiten, Klappenbroschur
ISBN 978-3-608-50515-3
€ 18,– (D) / € 18,50 (A)

»Pascal Engman ist der beste Krimiautor seiner Generation!«
David Lagercrantz

Terror in Stockholm. Der Justizminister wurde vom IS ermordet. Doch Vanessa Frank ist sich sicher: Das war erst der Anfang. Denn vor kurzem wurden ihre syrische Ziehtochter Natasja und ein Polizist tot aufgefunden. Der Verdacht bestätigt sich: Natasja war eine Witwe des IS. Kann Vanessa noch das schlimmste verhindern?

www.tropen.de

Stephen Mack Jones
**Princess Margarita
Illegal**
Ein Detroit-Krimi

Aus dem Englischen von Klaus Timmermann und Ulrike Wasel
320 Seiten, Klappenbroschur
ISBN 978-3-608-50485-9
€ 17,– (D) / € 17,50 (A)

»Pure Action mit einer erfrischenden Dosis an rauem Humor und Herz.«
The Wall Street Journal

Eine Leiche treibt im Detroit River. In einem Prinzessinnenkleid. Zur gleichen Zeit schickt die Einwanderungsbehörde Sondereinheiten nach Mexicantown, um Illegale zu deportieren. August Snow, einer gut gekühlten Margarita nie abgeneigt, kocht vor Wut. Höchste Zeit, dass jemand wieder für Gerechtigkeit eintritt …

www.tropen.de

Chris Offutt
Unbarmherziges Land
Ein Kentucky-Krimi

Aus dem Amerikanischen
von Anke Burger
224 Seiten, Klappenbroschur
ISBN 978-3-608-50512-2
€ 15,– (D) / € 15,50 (A)

»Brillant«
New York Times Book Review

Mick Hardin, Ermittler für das CID der US-Army, ist auf Heimaturlaub. Seine Frau ist hochschwanger, doch sie reden nicht miteinander. Seine Schwester Linda, erst kürzlich zum ersten weiblichen Sheriff von Rowan County aufgestiegen, steht vor ihrem ersten Mordfall, den ihr die lokalen Politiker am liebsten wegnehmen würden. Der übliche Chauvinismus oder geht es um mehr? Mit ihrem Bruder Mick macht sich Linda an die Lösung des Falls, denn sie weiß, dass unter der schönen und rauen Hügellandschaft Kentuckys die Gewalt brodelt und die offizielle Justiz keinen guten Stand hat.

www.tropen.de

Mons Kallentoft
Verschollen in Palma
Ein Mallorca-Krimi

Aus dem Schwedischen von
Christel Hildebrandt
416 Seiten, broschiert
ISBN 978-3-608-50511-5
€ 10,– (D) / € 10,30 (A)

»Einer der besten und krassesten Krimis, die ich in diesem Jahr gelesen habe.«
Nicole Abraham, hr 1 Buchtipp

Eine verschwundene Tochter. Ein verzweifelter Vater. Und ein Wettlauf gegen die Zeit in der Hitze von Palma. Mons Kallentoft hat einen hochkarätigen Krimi vor atemberaubender Kulisse geschrieben. Mit einem gefallenen Helden, in dessen wüstem Innenleben sich die ganze Abgründigkeit des verlorenen Urlaubsparadieses wiederfindet.